Alexander Kronenheim

NEPHORIS

TOCHTER DES CHEOPS

Bibliografische Information der Deutschen Nationalbibliothek:
Die Deutsche Nationalbibliothek verzeichnet diese Publikation in der Deutschen Nationalbibliografie; detaillierte bibliografische Daten sind im Internet über http://dnb.dnb.de abrufbar.

© *2015* **Alexander Kronenheim** *; 2. Auflage*

Herstellung und Verlag: BoD – Books on Demand, Norderstedt

ISBN: 9783738647631

Inhaltsverzeichnis

Sechstes Kapitel: Der Triumph des Hermias

Erstes Kapitel

Der Ehrgeiz des Cheops

I. Frühlingsrauschen

In der angenehmen Kühle der violetten Morgendämmerung, bei leichtem Wiegen hoher Palmbäume und unter dem Schutz eines prächtigen Pavillons mit schlanken, vergoldeten Säulen, streckten zwei schöne, junge Mädchen in bequemer Nachlässigkeit ihre anmutigen elfenbeinweißen Körper auf einer breiten aus Papyrusfasern fein geflochtenen Matte, behaglich aus.

Eine von ihnen hatte die Hände unter ihrem Kopf ineinander geschlungen. Ihr heller weißer Teint war von großen goldenen Ringen in den Ohren besonders hervorgehoben und stach wunderbar schön von den üppigen, ebenholzschwarzen Haaren ab.

In dieser reizenden Stellung, wo die fleischigen Schultern wenig zurücktraten, erhoben sich die runden und festen Brüste der Jungfrau, ihre zarten Spitzen richteten sich gleich Korallenknospen in die Höhe; ihr jugendlicher Bauch rundete sich wie ein goldenes Schild zwischen den schlanken, wohlgeformten Hüften mit reizenden Grübchen. Ein Bein, welches über das andere geschlagen war, zeigte die harmonischen Linien eines vollen Schenkels und die winzige Kleinheit des reizenden Füßchens. Aus dem nachtschwarzen lockigen Haar, welches sanft auf ihre Schultern fiel, lächelte ihr liebliches Gesichtchen. Ein rosiger Hauch färbte ihre vollen Wangen; ihre Nasenflügel bebten leise; und unter den schön gezeichneten Brauen verbargen große, herrliche, braune und mandelförmig geschnittene Augen halb ihren feurigen Glanz unter langen Augenwimpern, die mit Kohol geschwärzt waren.

Dieses junge Mädchen, deren anmutige Formen sich gleich einer köstlichen Frucht aus Fleisch den glühenden Küssen darboten, war die Prinzessin Nephoris, die ältere Tochter Cheops, des Herrschers von Nieder- und von Oberägypten.

Ihre Schwester, die liebliche Mirifonkhou, die an ihrer Seite ausgestreckt lag, war drei Jahre jünger. Der Frühling ihres jungen Lebens hatte bereits ihre kleinen Brüste in deutlichen Formen anwachsen lassen und ihr zarter Körper war kurz davor die volle Ausprägung der Mannbarkeit zu erreichen.

„Ich begreife nicht, woher heute meine Traurigkeit kommt," sagte Nephoris mit zärtlicher Stimme zu ihrer Gefährtin; „aber meine Sinne sind diesen Morgen so sehr bewegt.

Die Luft scheint mir von jenen Wohlgerüchen erfüllt, welche uns der Nordwind sendet; ich atme ebenso berauschende Düfte ähnlichen kostbaren, wohlriechenden Substanzen, welche zu den Füßen der Göttin Isis geräuchert werden. Die mit Narde gefüllten Kistchen, welche auf den Altar des Pthah gestellt werden, riechen nicht süßer als Blumen dieses Gartens."

„O! Miri, meine geliebte Schwester — bei den herrlichen Blüten, die am Ufer des geheiligten Teiches ihre zarten Blumenkronen entfalten. — Miri, o, komme noch in meine Arme, ich will sogleich meine Augen mit Kohol umrändern, damit sie noch viel glänzender werden und Dir noch mehr gefallen.

Aber zuvor lass uns Hand in Hand zusammen längs des klaren Flussbettes, welches der Nordwind mit seinem erfrischenden Hauch kräuselt, spazieren gehen."

„Ich liebe die Sängerin von Aditi so sehr. Sie gleicht einer schönen Liebespalme, die sich gegen den Himmel erhebt. Ihre Haare sind dunkler als die Beeren des wilden Schlehenbaumes, ihre Lippen sind röter als die Frucht der Sykomore und ihre Wangen sind rosiger als Äderchen des geschliffenen Jaspis.

Die schlanke Sängerin von Aditi hat schön gewölbte Brüste. Aber ich gebe den Liebkosungen meiner Schwester Miri den Vorzug.

Mein Herz würde stillstehen, wenn sie das tut, was ich wünsche.

„Lass uns in die blühenden Obstgärten eilen; gehen wir, um eine nie endende schöne Stunde zu verleben."

„Nephoris, gehöre ich Dir nicht ganz allein? Hänge ich nicht an Deinen Lippen wie ein von Tau benetztes Lilienblatt?

8

Bin ich für Dich nicht wie ein fruchtbares Feld, wo man Blumen und wohlriechende Blätter pflückt?"

„O, Miri, unterbreche nicht die süße Musik Deiner Worte: denn Deine Stimme scheint mir ein belebenderes Getränk zu sein, als der edle, süße Wein, den man an den Ufern des Sees Maria erntet.

Aber verlassen wir nun dieses schon laue Lager. Komm, meine Schwester, an die Ufer des Nils, mitten unter die Tamarisken; lass uns in ihren verschwiegenen Schatten; sie werden nicht verraten, was sie gesehen haben."

Während die jungen Mädchen sich aus dem Pavillon, unter dessen Dach aus Schleiern sie die Nacht verbracht hatten, entfernten, und durch die schweigsamen Gräser vorwärts schritten, erhellte die Morgenröte den westlichen Himmel mit einem breiten Purpurstreifen.

Langsam entstiegen den Halbschatten in dichten Gebüschen Feigenbäume, Sykomoren, welche vom leichten Windhauch bewegt, in dem noch bleichen Azurblau ihre sehr dichten, buntfärbigen Blätter und ihre zahllosen Blüten anmutig wiegten. Weiter in der Ebene hoben schlanke Palmbäume ihre hohen leichten Zweige empor. Reiche Gruppen von Dattelpalmen ragten aus den in dichten Streifen zusammengedrängter Papyrusstauden längs des Nils empor.

Durch das dichte Grün der Weiden schimmerten die Wässer des mächtigen Flusses, und an diesen herrlichen Ufern unter den Lotosblumen mit großen, weißen oder blauen Kronen flatterten eine Menge buntfarbiger und schwatzender Vögel.

Plötzlich kam die Sonne — sie erschien auf den Spitzen der Hügel, welche das Tal an der Ostseite umschlossen — und goss goldene Fluten über den Nil und die ebenen Gefilde.

Die geheiligten Ibisse tummelten sich hier und da zahllos herum. Bei der Erscheinung des strahlenden Gestirns verdoppelten sie ihr verworrenes und betäubendes Geschrei, welches von Zeit zu Zeit von den durchdringenden und heiseren Schreien der Wandergänse übertönt wurde.

Mitten durch die feuchten Gräser gingen Nephoris und Miri; sie hielten sich umschlungen und schritten mit sanfter, wellenförmiger Bewegung der Hüften, als ob ein innerer Rhythmus ihre Schritten lenkte, einher. Die ältere von beiden umschlang mit ihrem Arm die zarte Taille ihrer Gefährtin und heftete auf sie die durchbohrenden Blicke ihrer dunklen Augen, in denen Flammen sprühten. Ihre korallenroten Lippen öffneten sich leicht und ließen perlenweiße Zähnchen sehen; und ihre Nasenflügel erzitterten manchmal leise.

Zuweilen warf sie auch mit einer anmutigen Bewegung ihres schlanken, kräftigen Halses einige Locken ihres üppigen, glänzenden, bis zu den Schultern abgeschnittenen Haares zurück.

Miri erhob zu dem Angesicht ihrer schönen Schwester ihre großen Sternenaugen mit reinem, träumerischem Ausdruck.

„Deine Lippen. Gib mir Deine Lippen." murmelte Nephoris zu ihr, indem sie Miri fest an ihren Busen presste. „Dein Mund ist so saftig, wie eine reife Dattel und Deine Zunge ist ebenso frisch wie die Krone der Lotosblume.

„Ich kenne die Freuden, welche die Liebkosungen des Mannes bereiten, noch nicht; aber ich zweifle daran, dass ich ihretwegen unsere Freundschaft vergessen könnte."

„Nephoris." antwortete die Jungfrau, „Du sprichst diese Worte, weil Du noch nicht geliebt hast. Es möge nur der Verführer kommen, den Deine heimlichen Seufzer herbeirufen; und bald wird Deine arme Miri Dir nichts mehr sein."

„In der Wirklichkeit habe ich in der Nähe bloß unsere nubischen Eunuchen gesehen; und — ich werde es Dir gestehen, meine Teure - ihre fast schwarze Hautfarbe, ihre plattgedrückten Nasen, ihre ungeheuer dicken Lippen, die Unregelmäßigkeit ihrer Zähne, dann hauptsächlich der grausame und wilde Ausdruck ihrer Augen haben in mir durchaus nicht das Verlangen nach einem neuen Gefühl erweckt."

„Ja! aber außerhalb des Harems gibt es andere Männer; und ich habe aus Gesprächen die ich zufällig mit angehört habe erfahren, dass man Dich mit dem Fürsten von Nubien verloben möchte."

„Der Fürst von Nubien! Wird er auch so abscheulich sein, wie seine Untertanen? Mein Vater wird mich doch nicht zu dieser verhassten Verbindung zwingen?"

„Ich hoffe es: denn ohne Dich wäre ich sehr unglücklich."

„Weine nicht, meine kleine Miri; ich werde Dich niemals verlassen."

Sich umschlungen haltend, setzten sich die beiden Schwestern auf der Wiese nieder, deren dichte Gräser um sie herum eine grüne Wiege bildeten.

In diesem Augenblick erhob sich gegen Süden, hinter dem dichten Laub der Bäume des königlichen Parks ein feierlicher Choral von menschlichen Stimmen: die Priesterinnen des Pthah begrüßten versammelt auf der östlichen Terasse des Tempels, der dieser erhabenen Gottheit geweiht war, das wohltätige Gestirn des Tages, die befruchtende Kraft der Erde.

Und die Tempeldienerinnen des Pthah sagten:

„Lob sei dem Gott, der wieder ersteht, jeden Tag, in der ewigen Nacht!

Lob sei dem unerschaffenen Wesen, welches sich selber gebührt! Lob sei Jenem, welcher Lebensstrahlen sendet auf die bewegte Natur!

Wenn Du Dich erhebst, o, strahlender Gott, auf dem Himmelsgewölbe des Morgens, wenn Dein leuchtender Rachen in dem Azurblau näher kommt, dann treiben die himmlischen Fährleute Dein Schiff mit Jubel.

Dann ist Dein fleischliches Wesen lebendig. Deine Adern von feuriger Kraft geschwellt und Deine große Seele entfaltet sich gleich einer ungeheuren Lotosblume auf dem geheiligten Teich.

Dann ist die Erde im Jubel und Festesfreude wohnt in den Herzen der Menschen. Denn Uraeus hat über seine Feinde gesiegt.

O, großer Gott Pthah, dessen Aufgang ein blendendes Entzücken ist, gebe dem Pharao ein ganz glückliches, seliges Leben. Gebe goldiges Brot seinen Mund, ein klares Wasser seiner Kehle und köstliche Wohlgerüche seinem Haarwuchs.

Du, die Du die Wege beleuchtest und die Pfade der Ewigkeit durcheilst, heiliger Sperber mit blitzenden Flügeln und glänzenden Farben, die Menschen beten Dich an und fürchten Dich. Schleudere die Feinde Pharaos aus ihr Angesicht nieder.

König des Himmels, Beherrscher der Erde, erhabenes Bild in zwei Himmelsgewölben, o, Pthah, Erschaffer aller Wesen, wir beten Deinen Aufgang an."

„Das Leben erwacht," sagte Nephoris „und diese Hymne erinnert mich an die lästigen Dinge, denen ich mich heute unterziehen muss. Gestern hat mein Vater mir den Befehl erteilt, diesen Morgen vor seinem Thron zu erscheinen. Was will er von mir? Ich weiß es nicht. Aber es ist die höchste Zeit, mich zu diesem Besuch vorzubereiten. Gehen wir in unsere Wohnung."

Hinter einem dichten Vorhang von grünen Pflanzen, mitten auf einem bläulichen, von weißblühenden Seerosen bedeckten Teich, auf einer kleinen Halbinsel, welche von Weiden und Platanen umsäumt war, standen die Wohngebäude der beiden königlichen Prinzessinnen.

Sie bestanden aus mehreren Pavillons, die aus Mauersteinen und Akazienholz gebaut waren.

Ihre Mauern waren mit hellen und heiteren Malereien bedeckt, worin sich die Landschaft, die sie umgab, wieder zu spiegeln schien.

Längs der zierlichen Gebäude liefen luftige Gänge mit zahlreichen schlanken Säulen; diese bestanden aus Palmbaumstämmen, die mit dünnen Silberplatten bedeckt und von Kapitälen in Form von Lotusblumen gekrönt waren.

Oberhalb der Gänge waren breite Fensteröffnungen angebracht, die leichte Galerien von durchbrochenem Holzwerk beleuchteten und Terrassen, welche mit Geländern und kleinen Zinnen geschmückt waren, dienten als Dächer.

Sobald die Töchter des Pharaos beim Eingang ihrer Wohnung erschienen, stellten sich ungefähr zwanzig junge Sklavinnen in Reihe vor ihnen auf, welche die Oberkörper tief geneigt und die Arme bis auf den Boden hängend, verharrten.

Die Prinzessinnen begaben sich in einen inneren Hof, welcher mit Jaspis gepflastert war, in dessen Mitte sich ein rundes Bassin von rosa Granit befand. In diesem breiteten auf der gekräuselten Oberfläche des Wassers blaue Lotosblumen ihre Kronen aus, während sieben, über den Rand geneigte Ibisse aus grüner Emaille aus ihren langen Schnäbeln seine Strahlen murmelnder Gewässer ausspien.

„Hier will ich mich bereit machen." erklärte Nephoris, sich auf ein Lager von Ebenholz, welches mit Perlmutt ausgelegt und mit rotem Kupfer verziert war, niederlassend; zugleich legte sie ihren Kopf in die Höhlung eines Schemels aus poliertem Olivenholz, der mit einem Untersatz von Elfenbein versehen war und die Form eines Halbmondes hatte.

Miri saß an ihrer Seite niedergekauert und bewegte die Luft mit einem großen Fächer aus Straußfedern, dessen

15

langen Griff aus Sandelholz sie mit beiden Händchen hielt und langsam die großen Federbüschel wiegte.

„Bemühe Dich nicht," sagte die Schwester zu ihr, „eine meiner Dienerinnen kann dies tun."

„Aber, das ist ja ein Vergnügen für mich." erwiderte die junge Frau mit perlendem Lachen.

Indessen wirft man in einen Winkel des Hofes Weihrauch in kleine kupferne Räucherpfännchen, welche über glühenden Kohlen hängen. Inmitten der wohlriechenden Räucherwolken fangen zwei kräftige dunkelhäutige Dienerinnen den Körper der Prinzessin mit einem sehr reinen Olivenöl, welches aus der Provinz Arfinoite kam und mit Myrrhen parfümiert war, einzureiben.

Die Masseusen ließen ihre geschickten Hände überall hingleiten, über die Haut, welche sie sehr stark pressten, sie dehnten die Glieder und ließen die Gelenke der Finger knacken.

Sie wendeten Nephoris um, eine von ihnen kniete sich auf ihr Kreuz, erfasste die beiden Schultern, die sie an sich zog, indem sie so die Wirbelknochen hin- und her bewegte. Während dieser Zeit schlägt die andere Bedienstete mit kurzen Hieben der offenen Hand die Muskeln der Herrin an den fleischigsten Stellen.

Hierauf ziehen die beiden Sklavinnen Lederhandschuhe an und frottieren die Tochter Cheops heftig von dem Hals an bis zu den Füßen. Sie polieren diese schließlich mit einem Bimsstein und bestreichen die Prinzessin mit einem Balsam, der nach Akazienblüten riecht. Nephoris streckt sich mit Wohlbehagen auf dem Sofa. Das Blut strömt lebhafter durch ihre Adern und färbt ihre durchsichtige, von leichtem Schweiß bedeckte Haut, der ihr das Gefühl einer angenehmen Frische gibt.

„Ich lebe auf!" rief sie aus; „Ich habe großen Appetit. Bringt mir Honig, Kuchen und Milch."

Nach diesem bescheidenen Mahl, welches sie mit ihrer Schwester teilt, gibt sie sich in folgender Ordnung den Vorschriften ihrer Kosmetik hin.

Man bringt aus kleinen Tischchen emaillierte Vasen, die Puder- und Wohlgerüche enthalten, bauchige Flacons, Etuis von geschliffenem Krystall und von geschnittenem Granit, die verschiedenartig je nach den Essenzen, die sie enthalten, rot, grün, blau gefärbt sind; Schmuckdosen, Kämme aus Schildplatt, Spateln und Pinsel.

Man gießt über ihren Haarwuchs köstliche Myrrhen; dann teilt man die Haare in eine große Anzahl von Zöpfen, an deren Ende man eine große Perle befestigt. Ein goldenes Stirnband fesselt die Haare über den Ohren und verhinderte, dass sie nicht in Unordnung geraten.

Mit Hilfe von elfenbeinernen Nadeln, welche in Kügelchen enden, verteilt man eine grüne Farbe auf die Augenbrauen, über Augenlider, und man bestreicht den Rand der letzteren mit Antimon schwarz, um die Augen größer erscheinen zu lassen und ihren Ausdruck zu erhöhen. Mit goldenen Nadeln befestigt man auf den Wirbel des Kopfes ein Netz aus emaillierten Perlen, von dem eine Lotosblume bis in die Stirn herabhängt.

Dann stellen zwei Sklavinnen vor Nephoris einen großen Spiegel aus polierter Bronze auf, welcher ein Palmblatt darstellt und in dem die Prinzessin ihre ganze Gestalt wiedersieht.

„Es ist gut." sagt sie. „Jetzt gebt mir meinen Schmuck."

Man bietet ihr ein Kästchen, welches aus einem einzigen großen Türkis geschnitten ist. Sie nimmt daraus eine Hand voll goldene, silberne Ringe und Spangen von Elektrum, wovon einige mit einer einem gefassten Edelstein von grünlichem Licht, geziert sind; sie steckt davon mehrere an jeden Finger. Dann wählt sie goldene Armbänder, welche kostbar mit Hieroglyphen bedeckter Emaille verschönert sind; sie schiebt die einen auf die Oberarme, die anderen auf die Knöchel. Sie befestigt an ihren Schultern mit Agraffen in Form von Sperberköpfen ein kostbares Halsband, welches aus fünf Reihen von buntfarbigen Glasperlen besteht.

Nachdem sie so geschmückt ist, steht sie auf und in dem Pflaster von geschliffenem Jaspis spiegelt sich ihr reizendes Bild wieder.

„Findest Du mich schön?" fragte sie Miri, welche ihre großen erstaunten Gazellenaugen unverwandt auf sie heftete.

„Warum diese Frage, Nephoris, weißt Du denn nicht, dass Du für mich immer anbetungswürdig bist?" erwiderte die Jungfrau. Unterdessen reicht man der Königstochter ein lachsfarbenes Gewand von außerordentlich feinen Linnen. Dieses ärmellose Kleid ist fest anliegend, lässt den Busen unverhüllt und fließt bis zu den Füßen herab. Es ist oben und unten mit einem gestreiften Rand umsäumt.

Zwei rote, mit Silber gestickte Tragbänder sind an der Armaushölung an den Stoff befestigt, sie verhindern, dass diese Hülle über die Brüste gleitet. Diese geraden Streifen steigen zwischen den Brüsten empor und pressen sie seitwärts, um sie möglichst weit voneinander zu entfernen; sie schlingen sich rechts und links vom Hals und sind in der Hälfte des Rückens an das Kleid befestigt.

Ein dritter Streifen umgibt den Busen und hält auf den Brustspitzen zwei Rosetten von ziseliertem Gold fest.

Ein blauer Gürtel, dessen Enden mit Perlen geschmückt sind, fällt vorne malerisch herab, er fesselt den durchsichtigen Stoff und bietet den verlangenden Blicken den Anblick der zarten Wölbungen des schönen Körpers.

Man befestigt an ihre Füße rot bemalte Sandalen; diese offene Fußbekleidung hat lange Ausläufer mit zurückgebogenen Spitzen. Schließlich setzte man der Prinzessin einen Kopfschmuck auf, der aus einem jungen geöffneten und zur Mumie präparierten Pfau besteht. Der blaue Hals des Vogels ist über ihre Stirn vorgeneigt; die herrlichen Flügel mit goldenen Reflexen und strahlendem grünen Licht umgeben ihr Gesichtchen; und das Pfauenrad bildet an ihrem Nacken einen kostbaren Fächer, der von Smaragden, Topasen und Saphiren strahlt.

Die Toilette ist beendet. Nephoris schlägt auf einen silbernen Gong. Sofort erschienen vier Eunuchen, mit fetten schwarzen glänzenden Gesichtern; sie bringen eine Sänfte aus Palmenholz, mit geflochtenem Boden, in dessen Ecken sich elegante Säulchen erhoben, die ein azurfarbenes Zelt tragen.

Die Prinzessin küsste ihre kleine Mir herzlich.

„Auf Wiedersehen," sagte sie zu ihr. „ich werde vor der Mitte des Tages zurückkommen."

„Wie sehr werde ich mich während Deiner Abwesenheit langweilen." murmelte die Jungfrau. „Ich fühle eine schmerzliche Beklemmung des Herzens. Wäre es nicht etwa die Vorahnung eines Unglücks? Dieser feierliche

Besuch beim König verursacht mir eine ernste Besorgnis ..."

„Oh, Du Kind! das sich vor seinem eigenen Schatten fürchtet," erwiderte Nephoris, ihre Schwester mit zahlreichen und zärtlichen Küssen überhäufend. „Warum fürchtest Du eine eingebildete Gefahr? Ich werde sogleich wieder bei Dir sein. Unterhaltet sie während meiner Abwesenheit." befahl sie ihren Dienerinnen. „Beschäftigt Euch mit ihr. Schmücket sie, macht sie schön; singt heitere Lieder, um sie zu zerstreuen."

Dann streckt sie sich mit Nachlässigkeit auf der Sänfte aus, welche die Eunuchen durch die üppigen Wiesen, blühenden Gebüsche des Parks, zum königlichen Palast davontragen.

Ein Dutzend junger Frauen, welche aus den Töchtern der angesehensten ägyptischen Standesherren gewählt waren, bildeten das Ehrengeleit der Prinzessin. Miri sah traurig dem sich entfernenden Zug nach und Tränen glänzten in den Winkeln ihrer großen halb verschleierten Augen.

II. Der Palast des Cheops

Zwischen unermesslichen, von spiegelnden Kanälen durchschnittenen Gärten, am linken Ufer des Nils, beherrschte die Residenz des Königs Cheops mit ihren riesengroßen Bauten eine umfangreiche Esplanade, welche breite Dämme gegen das regelmäßige Austreten des Flusses schützten. Es war eine große Gruppe von Palästen, eine Art von königlicher Stadt, die eine mit Zinnen und Schießscharten gekrönte Mauer umschloss.

Oberhalb der kolossalen Massen dieser furchtbaren Mauer, die aus Ziegelsteinen bestand — mit emaillierten Platten verkleidet und mit buntfarbigen Malereien geschmückt war, über diesen Wällen ragten die Gipfel von mächtigen Türmen, die gleichfalls mit Blumen, Vögeln und Sternen verschiedener Zeichnung und von lebhaften Farben geziert und mit hieroglyphischen Inschriften versehen waren, empor.

Auf der Umrandung waren die Jagden des Königs Menes, des Gründers von Memphis, dargestellt. Dieser Fürst herrschte vor zehn Jahrhunderten vor Cheops, er hatte die Länder des Südens mit jenen der Bewässerungskanäle verbunden, Oberägypten mit dem Nildelta, und auf diese Weise das Königreich der Pharaonen gegründet.

Auf den Mauern sah man diesen barbarischen Herrscher mit einem Pantherfell bekleidet vielfach abgebildet, er war bewaffnet mit dem Bogen und dem Bumerang, durchstreifte mit seinen Getreuen in einer langen Barke die buschigen Wälder der Wasserpflanzen: Hier auf einem See verfolgte er eine Herde von Flusspferden, mitten unter Schilf und dichten Seeblumen; dort sah man ihn, wie er mit

22

dem Dreizack Fische durchbohrte, oder seine Pfeile auf fliegende Vögel schleuderte.

Eine ungeheures Haupttor, welche am östlichen Winkel des Walles erbaut war, gewährte den Zugang in die königliche Stadt; und zwei riesengroße Statuen von schwarzem Marmor saßen links und rechts vom Eingang. Vor den Türmen des Haupttores, welche eine abgeschrägte Form hatten, flatterten buntfarbige Lanzenfahnen von den Gipfeln großer aufrecht stehender Flaggenstangen.

Hierher begab sich Nephoris. Während die riesigen Türflügel aus Akazienholz sich mit großem Geräusch in ihren bronzenen Angeln bewegten, betrachtete die in ihrer Sänfte sitzende Prinzessin mit Wohlgefallen die schöne Gegend, die sich vor ihr ausbreitete.

Längs des Nils, zwischen der Gründer Ebene und dem Azurblau des Himmels, gerade ihr gegenüber erhoben sich in Tronion die weißen Kalkhügel, und zeigten sich die tiefen Steingruben; gegen Norden sah man die Gipfel des Roten Berges.

In näherer Umgebung wurde der Blick der Lauf des Flusses gefesselt, wo kleine Inseln hier und da aus den Gewässern gleich buschigen Körben hervorragten.

Aus den friedlichen und bläulichen Gewässern kreuzten verschiedene buntfarbig bemalte Schiffe. Die einen glitten die Strömung von Ruderschlägen getrieben hinab, die anderen schwammen langsam stromaufwärts und hatten ihre Masten geneigt unter viereckigen gelben oder weißen Segeln, die von der Brise des Nordwindes geschwellt waren.

Diese Letzteren fuhren in Richtung Memphis. Von dieser mächtigen Stadt sah man über den Gewässern, die sie fast von allen Seiten umgaben, die zackigen Wälle, welche in gewissen Zwischenräumen von monumentalen Pylonen verstärkt waren; und hinter dieser Mauer erhoben sich die Gipfel der zahlreichen Obelisken, die von vergoldeten oder versilberten Sphären überragt waren, welche gleich strahlenden Gestirnen in dem stahlblauen Azur glänzten.

Im Westen von Memphis grenzte sich am Horizont leicht der Vordergrund der lybischen Gebirgsketten ab; und auf derselben Seite erblickte man auf der fahlen Sandlinie einen ähnlichen, einsamen und stufenartig geschnittenen Aufsatz, die Pyramide, welche der König Zosiri für sein Grab erbauen ließ.

Gegen Norden, ein wenig nach Westen und in der Ferne kaum sichtbar, schien der geheimnisvolle Kopf der Sphinx dem entfernten Murmeln der Wogen zu lauschen, und mit gedankenvollen Blicken die Unermesslichkeit der Wüste zu erforschen.

Mittlerweile drang Nephoris mit ihrem Gefolge in die Einfriedung des Palastes vor. Man trug sie zunächst durch einen dreieckigen Hof, wo mehrere hundert

24

Bogenschützen sowie Soldaten, die mit Lanzen, dünnen steinernen Spitzen, bewaffnet waren, lagerten.

Dann trug man sie durch eine andere Mauer und sie befand sich inmitten eines weiten Blumengartens, der von riesigen Platanen und Sykomoren beschattet war. Diese Bäume waren schachbrettförmig rund mit viereckigen Bassins gepflanzt, in welchen sich auf glänzendem Wasser die Lotosblumen ausbreiteten.

Im Innern dieses Gartens erhob sich der eigentliche Königspalast, welcher zu Festlichkeiten und Empfängen bestimmt war, rechts breiteten sich die Amtsgemächer der Beamten aus; links im Innern einer dritten Einfriedung befanden sich die besonderen Gemächer des Königs und sein Harem.

Alle diese Bauten waren mit vielfarbiger Keramik bekleidet, sie hatten flache Dächer, die mit hölzernen Zinnen gekrönt waren, offene Terrassen, die von schlanken Säulen getragen wurden; die Fassaden hatten hervorragende Balkone und breite Fenster mit beweglichen Läden.

Am Eingang des Palastes drängten sich eine Menge von Personen, vornehme Lehnsherren, Intendanten, Schriftgelehrte oder Offiziere. Sie traten rasch zur Seite, als sie die Sänfte der Prinzessin entdeckten; und diese befand sich bald vor einer viel höheren als breiten Tür, die sich zwischen zwei Türmen mit vorgeneigten Mauern öffnete.

Sie setzte den Fuß auf den Boden und durchschritt eine große Vorhalle, die mit vielen Statuen geschmückt war, welche in sehr lebhaftem und naturgetreuem Realismus bemalt waren; endlich gelangte sie von einem Herold geleitet in einen inneren Hof, in welchem schon eine Menge geschäftiger Beamten harrten, die zur Audienz gekommen waren.

Im Inneren dieses Hofes stand der goldene Thron des Königs Cheops, erhoben auf drei Stufen und von einem purpurnen Baldachin überragt, den vier schlanke Säulen trugen, die sich in Lotosblumen entfalteten. — Der Thron ihres Vaters fesselte zunächst ihre Blicke.

Zwei Ungeheuer aus Grünsteinschiefer, welche auf ihren menschlichen Körpern das erste einen Sperberkopf, das zweite einen Löwenkopf trugen, zwei kolossale aufrecht stehende Götzen mit eng vereinten Füßen und in Götterposen standen an den Seiten des Herrschers.

Der König war in einen weiten Mantel gehüllt, der an den Seiten einen kostbaren Schurz mit langen Fransen erkennen ließ.

Er hatte die Oberarme bis zu den Schultern hinauf ungeschmückt, aber trug dafür an den Handgelenken breite Armbänder von erhabener Emaille. Ein schweres Halsband, von neun Reihen und aus kostbaren Edelsteinen, hing auf der Mitte der Brust herab, wo herrliche Anhängsel angebracht waren.

Auf dem Zeigefinger seiner rechten Hand glänzte ein sehr großer goldener Ring, der mit Ziselierarbeit geschmückt war, dessen großer grüner Edelstein in Form eines Käfers den Titel trug: „König von Ober- und von Nieder-Ägypten. Dieser Ring war das königliche Siegel.

Auf seinem Haupt ruhte der vollständige Pfthent, welcher die weiße Krone des Niltals und die rote Mitra vereint und welche das Symbol der Macht in den Ländern des Deltas bildeten. An diesen Kopfschmuck gefesselt, und auf seiner Stirn erhob sich die geheiligte Viper — der goldene Uracus, das fürchterliche Zeichen des Zornes der Götter. Der König hatte sein Gesicht vollkommen rasiert; aber an seinem Kinn hing ein falscher einige Zoll langer gerader Bart, der unten viereckig war.

Seine Füße verschwanden zur Hälfte in Schuhen von weißen Leder, die an den Enden mit zurückgebogenen Spitzen versehen waren.

Cheops hielt in der rechten Hand die Geißel oder Peitsche mit drei Riemen, das Zeichen seiner Allmacht; in der linken Hand das mit einem Henkel versehene Kreuz, das Zeichen des ewigen Lebens, und den Hacken, das königliche Zepter der alten Pharaonen, eine Art von Krummstab aus Elfenbein, der mit Amethysten ausgelegt war.

Neben ihm bewegten zwei Fächermädchen große Fliegenwedel aus Federn; auf der anderen Seite saßen auf Matten die Sekretäre des Hor oder des kraftvollen Stieres mit gekreuzten Beinen, womit sie ein Brettchen stützten, über das ein Papyrusstreifen ausgerollt war. Die königlichen Schreiber verzeichneten die Befehle ihres Gebieters.

Sie tauchten die Pinsel aus Rohrstöckchen, welche am äußeren Ende mit gebundenen Fasern versehen waren halb in einen kleinen Becher ohne Fuß mit roter Farbe, halb in ein kleines Behältnis mit schwarzer Tinte, welche beide auf einem hölzernen Brett vor ihnen standen; dem König gegenüber waren in mehreren Reihen die Zats oder Grafen, die Ropaits oder Edelleute, Doktoren und Minister gruppiert, und alle verharrten in andachtsvollem Stillschweigen, bis der König sie anreden würde.

Nach dem Beispiel ihres Fürsten — und außerdem nach der Sitte des ägyptischen Volkes — hatten sie die Haare und Bärte rasiert. Nichtsdestoweniger bedeckte eine kurze Perücke mit kleinen Zäpfchen ihr Haupt; und die hervorragendsten Personen am Hof trugen am Kinn einen falschen Bart, der gerade und geflochten wie der des Königs war, der jedoch nur die halbe Länge hatte.

Die Lieutenants Cheops trugen auf den Armen breite Armbänder, ihre Finger waren bedeckt mit goldenen Ringen, in welchen kostbare Edelsteine oder Emaille gefasst waren.

Auf ihrer Brust waren schwere Ehrenketten ausgebreitet, die sie als Belohnung für treue Dienste und errungene Siege erhalten hatten.

Einige von ihnen zeigten auffällig ihre in Pantoffeln von gelbem Leder steckenden Füße: denn es war allgemeiner Brauch die Fußbekleidung abzulegen, ehe man vor dem König erschien; und man hielt es für eine außergewöhnliche Ehre und Gunstbezeugung, dieser Sitte enthoben zu sein.

Neben dem Thron saßen auf schweren Taburetten von Ebenholz, welche mit Perlmutt ausgelegt waren, die ersten Mitglieder der königlichen Familie.

Die Königin Mirtitessi, Mutter der Nephoris und der Mirisonkhou; ferner Dadousri, der älteste Sohn Cheops, Khephren, der jüngere, und der dritte, Mirabon.

Hierauf näherte sich ein Herold dem König; er schwenkte ein goldenes Rauchfass vor dem Monarchen, der angebetet wurde wie ein Gott; dann redete er ihn mit gesenkten Augen und geneigtem Haupt an, als ob er den Boden vor sich berühren wollte, und er fing an seinen Bericht in monotonem Rhythmus herzusagen:

„Mächtiger König, mein Herr, Abkömmling der Sonne, ich werfe mich siebenmal und siebenmal zu dem Schemel Deiner Füße."

„Erhebe Dich und rede," unterbrach Cheops, „welcher kühne Sterbliche fleht um die Gunst, mir seine Bitte vorbringen zu dürfen?"

„Die Prinzessin Nephoris ist soeben angekommen, sie wartet auf ein gnädiges Wort von Eurer Majestät." antwortet der Herold.

„Sie soll näher treten." erwidert der König.

Das junge Mädchen nähert sich schüchtern bis zu den Stufen des Thrones, auf welche sie der König mit einer huldvollen Bewegung einlädt sich niederzusetzen.

Dann befiehlt er seinem Lieutenant, dem treuen Khomtimi, mit dem angefangenen Bericht fortzufahren.

Dieser ergreift auf folgende Weise das Wort:

„Ich will also meinen Bericht vor Eurer Majestät weitererstatten und wenn ich Ihr hohes Vertrauen verdient habe, so hoffe ich, dass meine Angelegenheit fließen wird, wie der Nilstrom. Ich habe die Provinzen, welche mir Eure Majestät bezeichnet hat, besucht von Aounou, der Stadt der Sonne, bis zum Ufer des grünen Meeres. Ich bin durch die Provinzen der Prinzen, der schwarzen Kuh, des Ibis, und derjenigen des Welses gezogen. Überall habe ich meine Sendung ausgeführt: ich habe über die Bogenschützen und Lanzenträger des Tempels Musterung gehalten und habe mich über ihre Bedürfnisse erkundigt. Alle sind Eurer Majestät ergeben."

„Das ist gut, Khomtimi." unterbrach der König. „Ich bin mit Seinen Diensten zufrieden. Du sollst in Zukunft eine doppelte Portion aus meiner eigenen Küche für Dich und Deine ganze Familie erhalten. Die Schreiber sollen mit ihren gewandten Fingern diese Gunst auf ihre Rollen schreiben.

„Und jetzt will ich von Maskait Neuigkeiten hören."

Der General-Intendant der Minen erhob sich sogleich, näherte sich dem Thron und ergriff das Wort auf folgende Weise:

„Die Minen, welche von den Arbeitern Eurer Majestät in dieser fernen Gegend, in den Ausläufern des Berges Sinai, ausgebeutet werden, haben in den zwei letzten Monaten zweihundert Ladungen Kupfer, eben so viel Mangan und drei Säcke Türkise geliefert."

„Das ist wenig." erwiderte Cheops. „Zur Zeit des Osiris und in der Epoche Snofroni, meines göttlichen Vaters, hat dieses Land der Unfruchtbarkeit, welches die Herren des Sandes durchziehen, viel mehr geliefert. Du wirst die Ergiebigkeit der Minen erhöhen, indem Du die Zahl der Eingeborenen aus Moniton aufs doppelte erhöhst."

„Es soll nach dem Wunsche Eurer Majestät geschehen."

„Und wie viele Sklaven beschäftigt man in meinen Steinbrüchen von Val Rohanou, von wo man die wunderbarsten schwarzen Granit- und Dioritblöcke bricht?"

„Zweitausend, Majestät."

„Du wirst die Zahl dieser Arbeiter verdoppeln: denn ich habe die Absicht eine Allee von Riesenbildsäulen in dem Garten, der unserem großen Gott Pthah geweiht ist, zu verkleiden."

„Überdies brauche ich viel Granit, um die Zimmer in der Pyramide, die ich am Plateau der Sphinx erbauen lasse, innerlich auszukleiden.

Ohne Zweifel haben sich meine Vorfahren mit einem tonigen Kalkstein, der von den Nachbarhügeln gewonnen wurde, begnügt, aber dieser Stein fängt bereits an zu verwittern.

Ich will einen dauerhafteren Felsen als Grabstein; ich wünsche denselben gleichzeitig großartiger, als die zu Mitoum von meinem Vater Snofroni erbauten Pyramiden sind, die er errichtet, um einst seine unsterbliche Mumie ihrem Schutz anzuvertrauen.

Man wähle die schönsten Lager in den Steinbrüchen von Tronion. Zweihundert Schichten von enormen Blöcken sollen einen unzerstörbaren Berg bilden, der sich bis zu dem Ruhmeshimmel Eures Königs erheben soll, und den zukünftigen Völkern als unsterbliches Andenken an mich dienen wird.

Ich frage meinen treuen Koufoui-Kairiou, Oberintendanten meiner heiligen Pyramide, wie weit die Arbeiten dieses Grabmals fortgeschritten sind?"

Dieser Funktionär beeilte sich sofort vor dem König zu erscheinen; da stand er demütig, den Oberkörper leicht vorgeneigt, die Augen gesenkt, als fürchte er durch den Glanz der erhabenen Majestät des Herrschers geblendet zu werden; die linke Hand geöffnet in der Höhe des Herzens haltend, sprach der Minister also:

„Trotz dreijähriger angestrengter Arbeit beendigen wir mit Mühe die zwölfte Schicht. Und trotzdem haben wir ohne Unterlass alle drei Monate hunderttausend Arbeiter ausgehoben.

Eure Majestät wird wohl wissen, dass es zehn Jahre gedauert hat, um den gepflasterten Straßendamm zu errichten, welcher unumgänglich notwendig zum Transport der Steine war, und der sich vom linken Nilufer bis zum Plateau erstreckt, aus dem Eure Leichenbehausung errichtet wird.

Ich verwende einen Teil der Arbeiter dazu, um in den Steinbrüchen der arabischen Gebirgsketten Blöcke zu behauen, und bis zum Fluss zu ziehen; andere laden sie in

Barken auf und überführen sie bis zum Fuß des Grabmals. Eine dritte Abteilung Arbeiter bemüht sich mittels Maschinen aus Holz die Blöcke von Stufe zu Stufe hinaufzuheben.

Ich bewundere das großartige Projekt Eurer Majestät," fügte Koufoui hinzu; „und ich werde alle meine Kräfte darauf verwenden, ja selbst mein Leben opfern, wenn es nötig ist, um dieses unsterbliche Werk zu vollenden.

Trotzdem muss ich Eure Majestät daran erinnern, dass die gewöhnlichen Hilfsquellen Ihres Königreiches nicht ausreichen werden, um diese Unternehmung fortzusetzen.

Hier ist die Liste dessen, was die Arbeiter seit dreizehn Jahren an Nahrung gebraucht haben: an Rüben, Knoblauch und an Zwiebeln haben sie schon eine Menge, welches etwa drei Millionen Tabnuos entspricht, verzehrt; man kann eine noch höhere Summe für das Brot, die Kleidung, die Maschinen und die Werkzeuge rechnen.

Diese enormen Ausgaben haben die Mittel Eurer Majestät erschöpft. Die Speicher und die Vorratskammern sind leer, und es ist zu dieser Stunde nötig eine große Anzahl Gold und Silberbarren auszugeben, um die benötigten Lebensmittel zur Ernährung unserer Arbeiter zu kaufen."

„Wir werden bald einen Überfluss von diesem edlen Metall haben," erwiderte der König stolz, „denn Mazait, der

Nubische Prinz, welcher meine ältere Tochter heiraten wird, hat uns zehn Schiffsladungen davon versprochen."

In den unermesslichen Regionen, wo er herrscht, jenseits des ersten Katarakts, in dem Sitou, in Iritit und in Amani, aber hauptsächlich im Lande der Quaouiou's und der Mazaiou's, die er beherrscht, ist das Gold in solcher Menge vorhanden, dass man es zu gewöhnlichen Dingen verwendet, die Goldminen dieser Gegend sind unerschöpflich. Diese Verbindung wird uns daher auch die Sicherheit bringen, um hinreichende Quellen zu finden."

III. Der Fürst von Nubien

Begleitet von dem Intendanten des Palastes drang der Fürst Mazait in den königlichen Hof vor. Der Herrscher von Nubien war ein Mann von riesenhaftem Wuchs, und sein halbnackter, wohl proportionierter Körper machte den Eindruck von außergewöhnlicher Kraft. Seine Haut war schwarz und glänzte wie mit Öl bestrichen.

Er hatte gekräuselte wollige Haare, eine platt gedrückte Nase, dicke braune Lippen; seine Wangen schienen von einem spärlichen gekräuselten Bart wie beschmutzt zu sein, unter seiner niedrigen und stark gewölbten Stirne rollten zwei weiße Augen, die von nachtschwarzen Augäpfeln erhellt waren, die gleich funkelnden Diamanten Feuer sprühten, seine Lenden waren von einer rötlichgelben Löwenhaut umgürtet; der Schweif des Tieres fiel hinten herab und schleifte auf dem Boden.

Auf seiner breiten Schulter wiegte sich ein sehr langer Bogen aus Palmenholz. In der rechten Hand hielt er eine Lanze, deren Spitze aus dem Horn einer Gazelle bestand.

Zwei nubische Offiziere, von schönem Wuchs, aber kleiner als ihr Herr, schritten ihm zur Seite. Ein Pantherfell diente ihnen als Schurz, und sie waren mit einem enormen Kriegsbeil aus Diorit, dessen Stiel aus Ebenholz war, bewaffnet.

Der Prinz verbeugte sich vor Cheops, welcher ihn mit einer feierlichen Bewegung begrüßte. Dann ergriff Mazait mit ernster und tiefer Stimme das Wort.

„Heil Dir, Herrscher von Memphis, der Du das Tal des Nils vom ersten Kataralt bis an das Gestade des sehr grünen Meeres, beherrschst! Pharao, Sohn der Sonne, Haupt der Gerechtigkeit, ich wünsche Dir während Deines irdischen Daseins und durch die ganze Ewigkeit tausende Brote, tausend mit Milch gefüllte Vasen, tausend Trankopfer frischen Wassers, tausende fetter Ochsen, tausende saftiger Gänse, unzählige Weihrauchkörner, unzählige Opfergaben von allen guten und reinen, sanften und angenehmen Sachen.

Der Ruf Deiner Tochter ist bis nach Nubien gedrungen, bis in die Hauptstadt einer der verbündeten Völker; man hat mir diese Jungfrau als eine der schönsten unserer beiden Königreiche beschrieben. Ich wünsche sie zur Gattin; Du hast meine Bitte mit freundschaftlichem Ohr angehört. Ich bin also zu Dir gekommen um Dir die Huldigung eines Sohnes zu Füßen zu legen."

„Mazait." antwortete Cheops, „Mazait, tapferer Krieger, kühner als der Löwe der Wüste, dessen Mähne Du als Trophäe trägst; ebenso kluger wie auch unerschrockener Fürst, Du bist wahrhaft würdig mein Sohn zu werden.

Deine Gegenwart lässt ohne Zweifel das Herz meiner Tochter schneller schlagen; denn, gleich einer zitternden Turteltaube unter dem Blick des geheiligten Sperbers, kann Nephoris Deinen feurigen Blick nicht vertragen und verbirgt ihr Gesicht in den Händen. Sie ist doppelt keusch, denn sie ist eine Jungfrau; sie hat nie die Umzäunung des königlichen Gartens überschritten.

Das ist eine Lotosknospe, frisch und weiß, welche die glückliche Hand erwartet, die sie am Morgen pflücken soll.

Mazait, Sohn meiner Wahl, nähere Dich ohne Besorgnis, und Dich, meine liebe Tochter — schütze die Göttin Isis — vertreibe aus Deinem Herzen diese jungfräuliche Zaghaftigkeit; öffne Dein Herz den liebkosenden Strahlen der Liebessonne. Aber Du bleibst stumm? Und Du wagst es nicht einmal Deinen zukünftigen Gatten anzusehen?"

Kurz vor dem hatte Nephoris den Prinzen einen raschen und durchdringenden Blick zugeworfen; beim Anblick seines Antlitzes mit den groben Gesichtszügen hatte ein Gefühl der Abneigung ihr Herz ergriffen.

„Diesem halbwilden Mann soll ich angehören?" dachte sie, „Was für ein schreckliches Los."

Sie blieb unbeweglich wie versteinert.

Ohne die Gleichgültigkeit des jungen Mädchens zu begreifen, gab Mazait seinen Lieutenants einige kurze Befehle. Diese entfernten sich rasch, und erschienen bald darauf von Nubiern gefolgt, welche die für den Pharao und Nephoris bestimmten Geschenke trugen.

Das waren, zuerst, Straußeier, welche pyramidenförmig auf Binsenkörben aufgerichtet und rot bemalt waren; dann enorme Elefanten-Stoßzähne, deren Elfenbein weiß wie Milch war, Amethyste, deren violettes Feuer zwischen dem dunklen Rot der Karneole sich prachtvoll abhob, dann grüne Feldspat-Blöcke, aus denen man Schmucksachen erzeugte, geräumige Ebenholzkoffer, aus denen Goldklumpen und Körner ihre gelben Strahlenbüschel aussandten.

„Diese bescheidenen Geschenke," erklärte der Prinz, „geben nur ein schwaches Zeugnis meiner Ehrfurcht, o, Sohn der Sonne, vor Deiner göttlichen Persönlichkeit. Für

Deine Tochter habe ich einen ihrer Schönheit würdigen Schmuck bewahrt."

Darauf breitete er plötzlich vor den geblendeten Augen Cheops, Nephoris und der ganzen Versammlung einen weiten, aus einer Pantherhaut geschnittenen Mantel aus, der von vielfarbigen Edelsteinen strahlte, welche auf der Pantherhaut befestigt waren.

Trotzdem das Geschenk der Prinzessin schmeichelte, wies sie es doch mit einer energischen Bewegung zurück.

Mazait, ließ enttäuscht den Mantel auf den Boden fallen und seine Augen — welche kurz vorher mit glühendem Verlangen die kaum verhüllten Reize der Jungfrau bewundert hatten verschleierten sich traurig.

Cheops runzelte seine schwarzen und dichten Augenbrauen. Der Zorn ließ sein Herz unter der braunen Brust schneller schlagen. Aber das Gefühl seiner Würde zwang ihn ruhig zu erscheinen.

Er warf seiner Tochter einen Blick zu und rief mit gebieterischer Stimme drohend :

„Bei der Liebe des Ra, man bringe uns sofort die Abhandlung der Moral des Propheten Quiquimi."

Der Hausschreiber der Bücher entfernte sich sofort aus der Einfriedung, und eilte gegen ein in der Mitte der königlichen Stadt errichtetes Gebäude, wo man in

39

Fachkästen die königlichen Jahrbücher, die Rechnungen der Verwalter, die Lebensregeln und geheiligten Kirchenordnungen, welche in Hieroglyphen auf Papyrusrollen geschrieben waren, aufbewahrte.

In dieser Art Bibliothek suchte der Archivist und fand bald das von dem König verlangte Manuskript. Er brachte es mit Ehrfurcht und überreichte es dem König.

„Ich will, dass man die Stelle liest," sagte dieser, „welche die absolute Folgsamkeit der Kinder ihren Vätern gegenüber betrifft."

„Das ist nicht nötig." rief Nephoris aus. „Ich unterwerfe mich in vorhinein den Befehlen. Jedoch werde ich als eine Gnade von Eurer Majestät verlangen, mir einen Aufschub von zwei Monaten zu gewähren, während dessen ich meinen Geist zur willigen Annahme meines Schicksals vorbereiten will. Ich habe bis jetzt in dem königlichen Harem gelebt, und dachte nicht daran ihn sobald zu verlassen. Wolle mein Vater also mir diese begründete Erregung verzeihen, und mir genug ruhige Tage gewähren, um mich zu der Hochzeit vorzubereiten, die mir vorbehalten ist."

„Meine Tochter, ich gewähre Dir Deine Bitte. Aber nachdem der Mond zum zweiten Male die Phasen seiner Verwandlung durchlaufen hat, sollst Du bereit sein Deinem Gatten zu folgen. Bis dahin bleibt Mazait mein Gast, und ich werde die Zeit verwenden, um in seiner Gesellschaft den Löwen der Lybischen Wüste zu jagen."

Zweites Kapitel

Das Wiederaufstehen der Liebe

I. Am Ufer des Nilstroms.

In der Ferne dehnt sich der Nil gleich einem ruhigen Meer aus. Am Strand, oberhalb seiner grünlichen Tiefen und auf der Oberfläche des Wassers breiten sich die köstlichen Blumenkronen der weißen und blauen Lotos aus. Kleine, sanfte Wogen verschwinden zwischen tropischen Wasserpflanzen und hohen Papyrusstauden, die Wurzeln mächtiger Weiden und weißer Pappelbäume leicht streifend. Der göttliche Strom umspielt den königlichen Park; und wir sehen den Teil des Gartens, der für die zwei legitimen Töchter des Pharaos reserviert ist.

Diese spielen wie zwei Gazellen, eine die andere fangend, einmal zwischen dichten Gebüschen von Jasmin und Flieder, von rosa Schneeball und gelben Sumpfpflanzen, dann unter dem leichten Schatten der Palmbäume, bis hin im tiefen Schatten mächtiger Sykomoren. Unmutig und lebhaft sind die Bewegungen ihrer zarten Glieder, deren reizende Nacktheit, von der durchsichtigen Tunika verschleiert, ohne verborgen zu sein, die perlmuttweißen Rundungen ihrer reizenden jugendlichen Körper hervorschimmern lässt. Die jungen Mädchen tragen auf ihren zarten Füßchen purpurne Sandalen, im raschen Lauf pflücken sie hier und dort eine Handvoll rosiger Blumenblätter. Dann werfen sie sich gegenseitig mit neckender Miene die Blätter ins Angesicht.

Aber der tolle Lauf ermüdete sie bald; Miri lässt sich fangen; Nephoris legt sie an ihrer Seite auf das dichte Gras nieder; und die beiden Freundinnen umarmen sich mit glühenden Küssen unter einer Wiege von Acacius und Jasmin, deren Blüten von sanftem Zefir bewegt, sie mit ihrem berauschenden Wohlgeruch betäuben und langsam auf sie herabfallen.

Nicht weit von dieser Stelle schlagen auf den Wipfeln von Tamarisken und Dattelpalmen zierende Turteltauben in Liebeswonne mit den Flügeln.

„O, meine vielgeliebte Schwester," sagt Nephoris mitten in ihrem leidenschaftlichen Eifer, „wie sehr fürchte ich den schrecklichen Tag, wo wir uns werden trennen müssen! Zwischen uns herrscht die süßeste Eintracht, wir haben für einander nur die zärtlichsten Liebkosungen, womit wir uns gegenseitig überhäufen und beglücken, aber ich fürchte sehr, dass die Männer für die Jungfrauen nur ungestüme Leidenschaften haben.

„Dieser Gedanke macht mich traurig... Ich sehe Tränen in Deinen schönen Augen... Ich hatte Unrecht so zu sprechen.

„Vorwärts! keinen Kummer mehr! Um die glücklichen Tage, welche uns noch bleiben, sorglos und ungezwungen genießen zu können, dürfen wir nicht zu sehr an die Zukunft denken. Geben wir uns vollständig der süßen Freude der gegenwärtigen Stunde hin, und lasse mich von neuem, Miri, von Deinen Lippen die milde Frische Deines Atems saugen.

„Dann werden wir sofort mit unseren Schlingen, Netzen und Käfigen aus Binsen da hinab in diese Schilfbüsche gehen; wir werden versuchen, einige dieser wilden Gänse zu fangen, welche von Pouanit herüberziehen, deren Flügel so wohlriechend und deren Füße mit duftendem Gummiharz bedeckt sind. Du wirst dann ihre eigentümlichen Klagerufe hören, die sie ausstoßen, wenn einer dieser Vögel seinen Lockwurm ergriffen hat.

„Aber höre, ist das nicht der Gesang eines Schiffers?"

Und wirklich, ganz in der Nähe, am Ufer des Flusses, zwischen den Papyrusbüschen, die sich rauschend auseinanderbogen, vernahm man eine junge und klangvolle Männerstimme; diese sang im langsamen Rhythmus jene phantastische Hymne, die durch zahllose Generationen von altersher von den Nilschiffern wiederholt wurde:

„Göttlicher Geist, der in allen Dingen wohnt, Schöpfer der befruchtenden Überschwemmungen, Du, der den Körper des lebenden Menschen beseelt und die Bäume mit Früchten belädt, beschütze mich auf diesen friedlichen Gewässern und stille meine Netze mit einem reichen Fang.

„0, Du, der das Licht spendet, Herr der Seelen. Unzerstörbarer Odem der kommenden Geschlechter,

Widder der Schafe, Bock der Ziegen, der Du angebetet bist, Stier der Kühe, erhabener Phallus, aus dem alle Lebenskeime hervorquellen!

Du bist der Gott des Scorpions in seiner Höhle, ebenso wohl als jener des Krokodils, das in den Gewässern schwimmt.

In dem Himmel bist Du die Sonne, der Mond und die glänzenden Sterne; in der Erde befruchtest Du die Keime der nährenden Saaten.

Ich bete Dich an, mächtiger Gott, der Du in ununterbrochener Dauer in Allem verborgen bist, Seele der Welt, in der die Dinge ewig fortleben."

„Das ist ein Fischer." murmelte Nephoris mit leiser Stimme. „Man möchte fast sagen, dass er uns entgegen kommt. Wie kann ein Mann von so niedriger unreiner Kaste, wie es diese gemeinen Schmutzfinken sind, es wagen, bei den königlichen Gärten zu landen? Weiß er es denn nicht, dass ihr Boden für den gemeinen Mann ein geheiligter ist, und dass ein Wesen seiner Art nicht den Fuß hersetzen darf, ohne eine Freveltat zu begehen? Dieser Mann kann sich diesem Ort bloß in feindseliger Absicht nähern. Ich zittere; ich fürchte mich, dass er nicht nach unserem Leben trachtet."

„Wohlan! fliehen wir." erwiderte Miri.

„Ich habe keine Kraft mehr dazu.", stammelte ihre Schwester. „Ist es die Wirkung des Frühlings? Ist es die Gemütsbewegung welche mir diese plötzliche Ankunft verursacht hat? Ich begreife es nicht, woher diese fremdartige Stimmung kommt, aber ich fühle meine Kräfte abnehmen... Du, Miri, lauf eiligst zu den Pavillons. Benachrichtige die wachhabenden Eunuchen; sie werden sich beeilen, diesen kühnen Eindringling zu verjagen und werden uns beschützen, wenn es nötig sein wird.

Gehe, meine süße Miri, gehe, fürchte nichts für mich; ich werde hier hinter diesen hohen Stämmen verborgen halten; und der Fischer wird mich nicht bemerken. Lauf und komm schnell zurück."

Das junge Mädchen stürzt sich rasch in die Wiese, wo sie bald hinter Baumstämmen und hohen dichten Gräsern verschwindet.

Nephoris sieht ihr nach und als Miri vor ihren Blicken verschwunden ist, kauert sie sich in die Gräser und bleibt hier bewegungslos, fast ohne Atem verborgen.

II. Der Angriff des Krokodils

Jetzt singt der Fischer nicht mehr. Er nähert sich dem Ufer. Die Tochter des Cheops hört das dumpfe Geräusch der Ruder in dem schlammigen Wasser und das Rauschen der Barke in dem Schilf.

Inmitten des letzteren strecken zum Flug bereite Kraniche ihre langen Hälse empor, während unbewegliche Pelikane und Störche ihre langen Schnäbel unter den Flügeln verbargen.

Hinter Nephoris, ganz in der Nähe, bleibt das Schiff stehen.

Bald vernimmt man in der tiefen Stille durchdringende scharfe Töne, welche eine hüpfende und lebhafte Melodie bilden. Der Fischer spielt die Flöte, um die Fische anzulocken.

Plötzlich hört die Musik auf, denn er bemerkt unweit von ihm dass sich die Wasserpflanzen bewegen und sich unter dem Gewicht einer langen schweren Masse, die sich kriechend nähert, neigen.

„Ein Krokodil." ruft er aus; und er beginnt sofort mit lauter Stimme eine traditionelle Beschwörungsformel gegen diesen schrecklichen Feind herzusagen:

„Halt ein, Krokodil Mako, Sohn des Set! Treibe nicht die Wogen mit Deinem Schweif, erfasse nicht mit Deinen beiden Armen. Öffne Deinen mächtigen Rachen nicht.

Möge das Wasser Dir zum glühenden Feuer werden."

Bei dem angstvollen Ausruf des Fischers erhob sich Nephoris über den Blumen, welche sie bis jetzt vor den Blicken des Unberufenen verborgen haben; sie sieht vor sich den schrecklichen dreieckigen, halbgeöffneten Rachen, über dem zwei große runde Augen, gleich denen eines Panthers, glühen. Diese Augen sind mit einem grausamen Ausdruck auf ihre Beute gerichtet, und unter diesem Blick bleibt das junge Mädchen gelähmt, ohne Kraft, ohne Laut, wie versteinert.

Unterdessen eilt das hässliche, mit einer schuppigen glänzenden Haut bedeckte Ungeheuer auf die unbewegliche, erstarrte Gestalt der Prinzessin zu. Diese sieht mit Entsetzen den Stoß der Krallen, welche die Erde aufwühlen, das Schleichen des ungeheuren Körpers auf den geknickten Gräsern.

Schon enthüllt das Krokodil vier Reihen fürchterlicher, nach Außen hervorstehender Zähne. Das Ungeheuer ist im Begriff, das arme entsetzte Kind zu erfassen.

Auf einmal erhebt sich rechts von dem Tier ein Mann; es ist der Fischer vom Nil. Er ist schön wie ein Gott, in seiner Nacktheit, die kaum von einem kleinen Schurz um seine Lenden verhüllt ist; er ist groß und stark; und sein schönes Gesicht strahlt von Mut; seine Augen schleudern Blitze.

Bei seinem Anblick ist das Krokodil stehen geblieben; es hat den Kopf nach ihm umgewendet und seine drohenden Kinnladen sind bereit den Verwegenen zu erfassen. Aber mit einer plötzlichen und ungestümen Bewegung — auf die Gefahr hin, dass der Arm zermalmt werden könnte — stellt der Fischer seinen langen steinernden Dolch mit zwei zugespitzten Enden in den aufgerissenen Rachen des Ungeheuers. Alsbald senkt das Untier die obere Kinnlade; und die Spitzen der Waffe dringen in das Fleisch. Sein Maul ist auf diese Art zugenagelt. Hierauf speit es ganze Ströme von Blut aus. Mit langsamen schweren Bewegungen richtet es sich mit dem Kopf schüttelnd auf und peitscht vor Schmerz und Wut mit dem ungeheuren Schweif die Luft.

Während dieser Zeit fasst der Fischer das junge Mädchen in seine Arme; dann rennt er mit ihr in das Innere des Parks, weit weg von dem Reptil. Dieses stürzt sich in ohnmächtiger Wut in den Fluss, auf dem Ufer eine rötliche Spur zurücklassend.

II. Der todbringende Kuss

Der junge Mann hatte soeben die Prinzessin einem schrecklichen Tod entrissen. Er legte sie auf den Rasen.

Die Tochter Cheops blieb einige Augenblicke unbeweglich, atemlos und der Sprache nicht mächtig, liegen. Ihre Brust hob und senkte sich stürmisch. Endlich, nach und nach, kam sie zu sich; sie erhob sich und bemerkte auf den Knien vor ihr denjenigen, welcher sie gerettet hatte, den tapferen Fischer, stumm vor Bewunderung ihre Schönheit bestaunend. Die Augen des verwunderten und entzückten jungen Mannes betrachteten mit Liebe die vollendete Schönheit der Jungfrau.

Nephoris stieß einen Schrei aus.

„Wer bist Du?" fragte sie.

Dann erinnerte sie sich der Gefahr, der sie entgangen war, und murmelte errötend:

„Wer Du auch seist, Mann oder Gott, Sklave oder Herr, ich verdanke Dir mein Leben. Wie könnte ich mich jemals dafür dankbar erweisen?"

„Anbetungswürdige Tochter der Isis, anstatt aller Belohnung flehe ich Dich bloß darum. Dein Sklave, der auf Deine geringsten Wünsche achtet, sein zu dürfen. Aber ich zittere davor, dass Du meine Bitte verweigerst; denn ich bin weder Prophet, noch Zauberer, noch Priester, noch das Oberhaupt der Bogenschützen, oder ein Schriftgelehrter, selbst kein Kaufmann oder gemeiner Arbeiter. Höre: ich gehöre jener Klasse der menschlichen Gesellschaft an, die man unter den niedrigsten Pöbel rechnet.

Auf vor der Morgenröte, um meine Netze auszuwerfen, rudere ich ohne Ruhe und ohne Rast durch die

51

Krümmungen des Nilkanals, mühevoll von einer oft ungenügenden Fischerei lebend, ohne Protektor oder Freund, elend und verachtet, aber frei wie der Vogel in der Luft; ich bin der Fischer Hermias."

„Ein Fischer! in der Tat, so sieht ein Fischer aus!" wiederholte Nephoris.

Und die Prinzessin, welche von den Vorurteilen ihrer Rasse eingenommen war, fragte sich, wie ein Mann dieser niederen Volksklasse es furchtlos wagen könnte, sich ihrer geheiligten Persönlichkeit zu nähern. Der Zorn erfasste sie, und während dieser Sohn der Natur sie mit ganzer Seele betrachtete, erhob sie sich hochmütig, bereit sich zu entfernen.

Hermias richtete sich auch empor, und beide betrachteten sich, aber mit verschiedenen Gefühlen: Denn der Fischer wusste nicht, dass er sich vor der Tochter Cheops befand. Bald fühlte sie, wie die zornige Erregung, welche ihr Herz schwellte, einem anderen, für sie bisher unbekannten Gefühle Platz machte.

Die stattliche Gestalt des jungen Mannes, sein edles Gesicht und sein feuriger Blick übten auf die Jungfrau einen tiefen Eindruck aus; sie fühlte in ihrer Brust eine köstliche und zugleich brennende Glut.

Niemals hatte sie jemanden mit so ausdrucksvollem Gesicht und so schön proportioniertem Körper in dem

Palast ihres Vaters gesehen. Das Gesicht Hermias bildete ein ziemlich kurzes Oval, seine breite Stirn war ein wenig nach rückwärts gebogen, die Nase gerade und nicht zu stark, zwischen den fleischigen und halbgeöffneten Lippen sah man eine Reihe kleiner und hübsch geformter und blendend weißer Zähne; seine mittelgroßen und schön geformten Ohrmuscheln schmiegten sich hoch an die Schläfen an. Seine schwarzen und glänzenden Haare bildeten leichte Locken.

Das junge Mädchen staunte mit unbewusster Schamlosigkeit die einzelnen Schönheiten mit ihren großen und bewundernden Augen an, sie bewunderte den mächtigen Hals Hermias, seine breiten und vollen Schultern, seine kräftige Brust, seine muskulösen Arme und seine kraftvollen Beine. Sie verglich im Geist diesen jungen Athleten mit den Herren, welche sie im Palast gesehen hatte, die größtenteils schwerfällig und gemein waren. Der Fischer überstrahlte alle durch sein angeboren edles Wesen; trotz seiner niedrigen Abkunft trug er seinen Kopf gebieterisch und hielt sich würdevoll.

„Er ist prächtig." dachte die Tochter Cheops, die einen unbestimmten Wunsch und eine geheime Genugtuung empfand, welche sie sich nicht erklären konnte.

Sie betrachtete ihren heldenmütigen Retter unter dem Einfluss der Vereinigung des Herzens und der erregten Sinne mit Bewunderung.

„Sein Mut und seine Schönheit." murmelte sie, „sind hoch über seinen niedrigen Stand erhaben."

Sie forderte ihn mit einer graziösen Bewegung auf, neben ihr Platz zu nehmen.

Dann sagte sie zu ihm:

„Hermias — da dies Dein Name ist. Ich würde Dir mit Freuden Deine Bitte gewähren, aber unüberwindliche Hindernisse stellen sich uns in den Weg."

„Bist Du verheiratet?" fragte der junge Mann angstvoll.

„Noch nicht, aber mein Vater hat mich bereits einem reichen Herrn versprochen."

„Dessen Harem Du zieren wirst! Die Jahre werden Dir an der Seite Deines Mannes in Vergnügungen und Glück verfließen. Du wirst mich ohne Zweifel bald vergessen haben. Der arme Hermias dagegen wird Dein Bild in seiner Seele bewahren, und wird das Schicksal loben, welches ihm erlaubt hat, Dich zu bewundern. Ah! wenn Du ein Mädchen aus dem Volk wärst, denn ich sehe wohl, dass Du einer aristokratischen Familie angehörst, wenn Du ein Mädchen aus dem Volk wärst, mit welcher Freude würde ich Dich einladen, mein Schicksal zu teilen!

Ich könnte Dir, es ist wahr, nichts als meine Netze und meinen Kahn bieten; aber das Dasein des Fischers ist nicht so unglücklich, wie Du denkst; es bereitet uns selbst tausend einfache Freuden, welche man nicht kaufen könnte.

Während meiner unabhängigen Existenz, und in der freien Natur, genieße ich die prachtvollsten, und verschiedensten Anblicke. Ich werde nicht durch den Stock meines Herrn zu mühevoller Arbeit gezwungen, wie die Arbeiter der Städte, oder diejenigen, welche die Felder bebauen.

Man wird mir darauf entgegnen, dass die Einen und die Anderen sich nach Belieben satt essen; aber wie viel Elend müssen sie dafür nicht ertragen?

Der Weber, welcher ohne Unterlass in seinen düsteren Räumlichkeiten eingeschlossen ist, kann das Sonnenlicht nur in dem Augenblick sehen, wenn er das Brot dem Türhüter reicht; niedergekauert, die Knie am Magen, atmet er mit der größten Mühe; und wenn er während des Tages seine Arbeit verlangsamt, so fesselt man ihm grausam die Füße an seinen Rücken, als Strafe für seine Faulheit.

Der Färber verbringt seine Zeit, um schmutzige und stinkende Fetzen zu beschneiden; und seine Finger riechen übler als der Fischlaich.

Der Bäcker erhebt sich mitten in der Nacht, um den Teig mühevoll zu kneten; der Schweiß rieselt ihm über die Glieder. Endlich legt er seine Brote in die Glut; und während er den Kopf in das Innere des Backofens steckt, hält ihn sein Sohn bei den Beinen; wenn der Letztere ihn aus Unachtsamkeit loslassen würde, so würde er in die Mitte der Glut hineinfallen.

Der Schmied dörrt vor dem glühenden Kohlenhaufen aus, den er nötig hat, um das Kupfer oder das Messing zu formen.

Der Maurer arbeitet im Freien, aber er ist der Rauheit der Witterung ausgesetzt, ohne jedes Kleidungsstück, als den Gürtel um seine Hüften. Er arbeitet sich ab, zieht enorme Steinblöcke, und hat keinen Aufschub, als an dem Tag, wo man den Lotosstrauß an dem Gipfel des beendeten Hauses anbringt.

Gibt es einen Unglücklicheren als den Schuster, der den ganzen Tag damit beschäftigt ist, Leder zu beschneiden, und zu wimmern?

Was den Landmann betrifft, so ist er ein an die Scholle gefesselter Sklave, welcher mit seinen, Esel und seinen Ochsen die Hütte teilen muss und gezwungen ist, sich jedes Jahr in das Verzeichnis der königlichen Schreiber eintragen zu lassen, er darf das Dorf ohne Erlaubnis des Gouverneurs nicht verlassen; und auf ihm haften die schwersten öffentlichen Arbeiten.

Meine sieben Brüder und ich, wir haben das Joch, welches leider noch unseren alten Vater drückt, abgeschüttelt!

Jeder von uns besitzt seinen Kahn und lebt frei auf den Gewässern."

„Wie fängst Du die Fische?" fragte Nephoris neugierig.

„Auf meinem Schiff, welches nicht umkippen kann, das in Spindelform zusammengebunden aus Binsen besteht und mit einer Holzplanke überdeckt ist, fische ich mit der Angel, mit der Reuse, längs des Kanals, oder an den Ufern des Nil; und in dem Morast steche ich Bayaden und Schildkröten mit der Gabel.

Manchmal verabrede ich mich mit meinen Brüdern. Wir singen, indem wir mit der Schellentrommel spielen: und die Maifische, welche durch unsere rhythmischen Töne angelockt werden, kommen herbei, un sich so zu sagen in unsere großen Netze zu werfen, welche wir zwischen unseren Kähnen ausgespannt haben.

Die Pagure, dieses hübsche Schaltier, zeigt sich für die Musik nicht weniger empfänglich; es verlässt unklugerweise sein tiefes Versteck, um die Töne der kleinen Photinx zu hören."

„Ich habe selbst die Turteltauben und Rehe gesehen, die sich leicht fangen ließen, wenn man sie durch Flötenspiel anzulocken verstand." fügte die Prinzessin hinzu.

„Aber Hermias, wenn Deine Existenz auch nicht ohne Annehmlichkeiten ist: findest Du nicht öfters das Nilpferd und das Krokodil auf Deinem Weg?"

„In der Tat, ich war hundertmal in Gefahr, durch den Anprall der aus dem Wasser steigenden Tiere aus dem Kahn geschleudert und von den Wellen verschlungen zu werden. Was die letzteren anbetrifft, so belauern sie den Fischer und wehe demselben, wenn die Rohrbüschel unter seinen Füßen nachgeben! Umsonst ruft er dann um Hilfe und versucht sich zu befreien; er ist bald zerrissen und verschlungen."

„Du könntest ohne Bedauern ein so mühevolles und gefährliches Handwerk verlassen; denn wenn mein Vater, welcher reich und mächtig ist, erfahren würde, was Du für seine Tochter getan hast, wird er Dich mit Reichtümern und Ehrenstellen überhäufen."

„Ich möchte ich in Deiner Nähe wohnen."

„Das ist leider unmöglich!"

„Dann werde ich meine Barke und meine Netze behalten, denn wenn ich unter die Herren gehen möchte, würde mich der Kummer, Dich nicht lieben zu können, zu sehr quälen, vielleicht würde ich selbst den Schmerz haben, Dich an der Linken Deines zukünftigen Gatten zu sehen. Aber wenn ich Fischer bleibe, so stelle ich es mir leichter vor, dass ich Dich in einem Traum bewundern kann."

„Ich möchte Dir aber trotzdem ein berührbareres Andenken meiner Dankbarkeit geben. Sage mir ohne Furcht, mein Freund, was könnte Dir Vergnügen bereiten?"

„Ein Kuss auf Deine roten Lippen!" antwortete der Fischer feurig, ihre Hände ergreifend.

Die Tochter Cheops zögerte einen Augenblick; dann bot sie mit einer leidenschaftlichen Gebärde ihren Mund Hermias. Während die Jungfrau mit halbgeschlossenen Augen sich der feurigen Umarmung des jungen Mannes und dem überwältigenden Gefühl, welches der erste Kuss der Liebe verursacht, willenlos hingab, hörten sie plötzlich in der Nähe laute Rufe des Unwillens.

Aus ihrem süßen Taumel aufgescheucht sah Nephoris plötzlich eine Truppe Eunuchen, mit Lanzen und Kopfzerbrechern bewaffnet, welche von dem König selbst und Mirifonkhou geführt wurden.

Als ihre Schwester, ganz außer Atem, den fürstlichen Pavillon erreicht hatte, hatte sie den Herrscher angetroffen, der gekommen war, um seine ältere Tochter zu der ihr bevorstehenden Heirat vorzubereiten. Die Jüngere berichtete von dem Schrecken, den sie und Nephoris beim Anblick des kühnen Fischers empfunden hatten. Sie führte Cheops und die Hüter zu dem Teil des Gartens, wo sie ihre Gefährtin verlassen hatte. Aber, Hermias, der den Angriff des Krokodils abwehrte, hatte die

Prinzessin anschließend weit genug in das Innere der Büsche getragen.

Auch verging eine geraume Zeit, ehe man Nephoris fand. Diese stellt sich mit ausgebreiteten Armen abwehrend vor die Eunuchen, welche Hermias schlagen wollten.

„Haltet ein!" ruft sie ihnen entgegen, „dieser Mann hat mir das Leben gerettet!"

„Auf welche Art?" fragt Cheops in einem Ton, in welchem sich Ironie mit Wut vereint.

Dann erzählt ihm die Prinzessin den Überfall des Krokodils, die heldenmütige Handlung des Fischers und wie er als einzige Belohnung bloß um das Almosen eines Kusses bat.

„Ist das auch wahr?"

„Bei den Göttinnen Hat-Hor, welche meine Geburt beschützten, schwöre ich es." antwortet das junge Mädchen.

„Wusstest Du denn nicht, mein Kind," erwidert der Herrscher mit Strenge, „wusstest Du nicht, dass nach unseren heiligen Gesetzen jener, der einen Kuss der Liebe einer Tochter des Königs zu geben wagt..."

„Die Tochter des Königs! oh, Unglück über mein Haupt." ruft der Fischer aus, die Hände zum Himmel erhebend.

Indessen ergreift der Pharao wieder das Wort:

„ ... Derjenige, welcher der Tochter des Königs einen Kuss der Liebe gibt, wenn sie Jungfrau ist, muss zum Tod verurteilt werden, wenn er nicht aus einer Familie von so hohem Rang stammt, um Anspruch auf die Ehre zu haben, sie heiraten zu dürfen."

„Ich kannte dieses barbarische Gesetz nicht," murmelte bleich und zitternd das junge Mädchen, dessen schöne Augen sich mit Tränen füllten, „unglücklicher junger Mann! Meine Lippen hätten demnach sein Todesurteil besiegelt. Nein, das ist unmöglich! Mein Vater, ich beschwöre Sie darum, ich flehe auf den Knien zu Ihnen! Vergessen Sie diese grausame Tradition, und verzeihen Sie diesem Tapferen.

„Wenn er eine Entweihung begangen hat, so ist es mein Fehler und nicht der seinige. Denn er wusste es gewiss nicht, dass er am Ufer des königlichen Parks landete.

„Und außerdem habe ich es ihm auch nicht gesagt, dass er der Tochter Cheops gegenüber steht."

„Das ändert nichts an der Sache!" erwidert der Monarch. „Das Gesetz duldet keine Ausnahme, dieser Kühne ist der Todesstrafe verfallen; wenn er es nicht vorzieht sich selbst zu töten, um der Hand des Henkers zu entgehen; oder wenn er so viel Reichtümer besitzt, um sein Verbrechen damit zu sühnen und sich loszukaufen."

„Vielleicht." rief Nephoris aus, um einen Vorwand zu finden, einige Tage zu gewinnen. „Dieser abenteuerliche junge Mann hat mir gesagt, dass er soeben auf seinen Steifen Lager von kostbaren, Metall auf der Küste von Ataka entdeckt hat."

„Wirklich!" antwortet Cheops. „Wohlan, in Anbetracht der Ergebenheit, die er für Dich an den Tag gelegt hat, gewähre ich ihm eine Gnadenfrist von dreißig Tagen.

Mit der Unterstützung meines General-Intendanten, unter deinen Schutz und nötigenfalls unter der Aufsicht einer Abteilung von Bogenschützen aus meiner Garde, muss er die Ausbeutung der neuen Minen anfangen, die er entdeckt zu haben vorgibt.

Wenn dieser junge Mann am Schluss des Monats nicht genug Gold oder Silber bringt, um wenigstens einige Stufenlager meiner Pyramide zu bezahlen, so wird er das schreckliche Los erleiden, welches er durch seine Verwegenheit und seinen Betrug verdient hat: er wird an den Hals der großen Sphinx Harmakhis angebunden, den Qualen der Hitze, des Hungers und des Durstes ausgesetzt, und die Raubvögel werden ihn bei lebendigen, Leibe zerfleischen."

Bei diesen Worten fühlte Hermias das Mark in seinen Knochen erstarren, aber ein feuriger Blick der Nephoris gibt ihm Hoffnung.

Dann verspricht er dem König, ihm reichliche Quellen zur Vollendung seiner Riesenarbeiten zu verschaffen. Konnte ihn denn ein Wunder der Götter nicht retten? Und in Ermanglung dessen, ist die Liebe denn nicht allmächtig?

Drittes Kapitel

Die geheime Hochzeit

I. Der Tempel des Pthah

Im Mittelpunkt von Memphis erhoben sich aus den anstoßenden Dämmen das Schloss der Weißen Mauer — die antike Residenz der Pharaonen, die Wiege der ersten Königsgeschlechter — und der Tempel des Pthah, des obersten Gottes der Stadt.

Diese majestätischen Gebäude beherrschten die Stadt und ihr Labyrinth von schmalen Gässchen zwischen den Wohngebäuden, die mit Terrassen gekrönt waren, und den Kuppeln der Speicher, welche von geraden und mit Palmen oder Sykomoren bepflanzten Gärten abgeteilt waren. Die riesigen Ringmauern des Palastes und die Einfriedung des Tempels standen einander mit ihren kolossalen Massen aus Ziegelsteinen und ihren zackigen Zinnen gegenüber.

An diesem Abend schritt über den Vorplatz, der zwischen diesen Gebäuden für eine breite, rechts und links mit riesigen Sphinxen, die auf ihren massiven Sockeln von Granit ruhten, umsäumte Allee vorbehalten war, eine doppelte Reihe königlicher Garden schwarzer afrikanischer Riesen, die sich mit Mühe durch lärmende Wogen von bewegten Volksmassen Bahn brachen.

Einige trugen Kriegskeulen aus Ebenholz, andere hielten Fackeln aus Terpentinholz, deren weiße und wohlriechende Rauchwolken spiral förmig zum azurblauen Himmel emporstiegen, während die rötlichen Flammen sich hier und da in den emaillierten Fassaden wiederspiegelten.

Man begab sich in den Tempel, um die geheime Hochzeit der Nephoris vor ihrer Heirat mit dem Fürsten Mazait zu feiern.

Unter diesem Volk, welches herbeigeströmt war, um den Hofzug zu sehen, der sich aus dem Palast in das Heiligtum begab, erzählte man sich die rührende Liebesgeschichte der unglücklichen Braut. Ein junger Fischer, so sagte man, hatte sie dem schrecklichen Rachen eines Krokodils entrissen und das dankbare junge Mädchen schenkte dem kühnen Retter ihre Liebe. Aber Cheops missachtete eine so niedrige Verbindung, er unterhandelte wegen der Heirat seines Kindes mit dem Fürsten von Nubien, der reich genug war, um den Pharaonen zu helfen, so schnell als möglich sein ehrgeiziges Pyramidenprojekt vollenden zu können.

Der junge Fischer behauptete wohl auch — wahrscheinlich um eine Frist für sich zu gewinnen — selbst von unermesslichen Lagern kostbaren Metalls zu wissen; in Begleitung von Funktionären, Soldaten und Arbeitern hat er bis jetzt ohne Erfolg sorgfältig mehrere Täler durchforscht, die zwischen dem Nil und dem schwarzen Meer *(Anmerk: Die Ägypter des alten Reiches nannten so das Rote Meer).* liegen und um den jungen Mann für seine Frechheit zu bestrafen, wollte der König ihn auf dem

Plateau der Sphinx aussetzen lassen, wo der Unglückliche elend verhungern sollte, wenn die Geier nicht seinen Qualen ein schnelles Ende machen.

Jeder beklagte das traurige Los dieses Unglücklichen. Man bedauerte ebenso das Schicksal der Prinzessin, die gezwungen wurde unter so traurigen Verhältnissen sich mit einem Barbaren, einen Sieger zu vereinigen, gegen den sie eine tiefe Abneigung empfand.

Die Augen der lange harrenden Zuschauer richteten sich daher mit lebhafter Neugier in aufrichtiger Teilnahme, zum Tor des Palastes, dessen ungeheure Flügel sich nun knarrend aus ihren Angeln aus Bronze bewegten.

Auf dem lärmenden Vorplatz herrschte sofort tiefe Stille.

Dann ertönten durchdringende Trompetensignale; und man sah zwischen den zwei menschlichen Kolossen von rotem Granit, welche am Eingang des Palastes die Hände auf die Schenkel gestützt dasaßen, zwei Herolde erscheinen, welche Trompeten bliesen.

Hinter ihnen kamen Nubier mit schweren Äxten von Silex auf den Schultern dann die Hiron Shaiton, Herren der Sandländer, aus der arabischen Wüste rekrutierte Söldner, daran anschließend einheimische Garden, die mit Lanzen mit eisernen Spitzen bewaffnet waren und breite Schilde aus Leopardenfellen vor der Brust trugen.

Dann die Prinzen aus der königlichen Familie, die an ihren falschen Zöpfen, welche an der linken Seite ihrer kurzen Perücke herabhingen, erkenntlich waren. Sie trugen eine mit blauen Stoffen bedeckte Sänfte, worauf sich die Prinzessin Nephoris in den Armen ihrer Mutter, der Königin Mirtitessi liegend befand. Diese war sehr bewegt und bemühte sich ihre Tränen zurückzuhalten, indem sie die Tochter auf die schweren Prüfungen vorbereitete, denen sie sich unterziehen musste.

Kammerherren, welche sich auf hohe mit Katzen-, Ibis- und Sperberköpfen gekrönte Stäbe stützten, Schriftgelehrte, den Stift hinter dem Ohr und Schreibtafel in der Hand, schritten der Sänfte des Königs voran. Dieser bewegte sich mit feierlicher Langsamkeit vorwärts und wurde auf den Schultern von vier kräftigen Edelleuten getragen.

Auf der Sänfte saß Cheops unbeweglich und steif unter einem Baldachin, der die Form eines Tempels darstellte, aus einem vergoldeten, mit Topasen ausgelegten Thron.

Eine reiche Kopfhülle aus feinen Linnen umhüllte in viereckige Falten gelegt seine Perücke, ließ die Ohren unbedeckt und endete in zwei Binden, welche auf die Brust herabfielen; aber das wesentliche Sinnbild der Herrschermacht, der Uracus, ragte aus der Mitte der Stirn aus der weißen Stoffmenge hervor, wie die Schlange, wenn sie zum Angriff bereit ist.

Ein weiter Mantel von durchsichtigen Linnen, das fein gefaltet war, verhüllte seinen Körper. Der Pharao hielt ein elfenbeinernes Zepter, welches den Kopf eines Windspiels trug.

Fächermädchen bewegten langsam ihre Fliegenwedel zu beiden Seiten der Sänfte.

Hinter denselben schritten die Ropaits, Fürsten von Rang, die hohen Richter und die Zats oder Lieutenants des Königs; schließlich die indischen Bogenschützen, die großen Bogen am Rücken und die Pfeile in der Hand tragend.

Nachdem der Zug zwischen den Reihen der Sphinxe, welche rot bemalt waren und an manchen Stellen im Licht der Fackeln erglänzten, passierte, hielt man vor einer sehr hohen aber engen Pforte, welche rechtwinkelig geschnitten und sich zwischen den starken Grundmauern einer riesenhaften Pylone in die Höhe zog. Das war der Eingang in den Tempel, wo man Pthah und die obersten Gottheiten von Memphis anbetete.

Als man die Pylone durchschritten hatte, befand man sich im Innern der umschließenden Mauer gegenüber einem anderen Bau derselben Art, der von allen Seiten mit gemeißelten, bemalten, halberhabenen Bildhauerarbeiten verziert war. Diese Einfriedung gewährte den Zugang in eine verschwenderisch ausgestattete, von Säulen getragene Halle, worin dreihundertsechzig ungeheure, aus einem einzigen Felsenstücke geschnittene Säulen sich in zwölf Reihen erhoben und das Himmelsgewölbe zu tragen schienen. Man hätte gemeint, einen Wald von viereckigen Türmen zu sehen, der von Riesen erbaut war. Inmitten des Hauptschiffs in einem geheimnisvollen Halbdunkel, welches zahllose Fackel nicht zu zerstreuen vermochten, erwartete eine Menge von Priestern und Tempeldienern stillschweigend die Ankunft des königlichen Hofzugs.

Die Priester waren in neun Klassen geteilt, von denen jede einer der neun memphischen Gottheiten diente. Sie bildeten ebenso viele unterschiedliche Gruppen, und waren in Tuniken von durchsichtigem Battist gekleidet, welche gesteift und fein gefaltet waren; hinten an ihrem Gürtel war der Schweif eines Schakals befestigt.

Vorne vor den Gruppen der Priester stand der Hohepriester; er hatte über sein Gewand das Fell eines Leoparden, welches leicht über die linke Schulter geworfen war.

Die Tatzen des Leoparden hingen auf seinen Rücken, über seine Schenkel und seine Lenden, und der Kopf des Tieres, den emaillierte Augen belebten, riss seinen blutigen Rachen auf der Brust des Priesters auf.

An den Seiten der geweihten Scharen standen die zum Tempel gehörigen Palaciden, diese geheimnisvolle Gattinnen der Götter, oder Tänzerinnen, oder Musikerinnen die alle zusammen eine Art von religiösem

Harem bildeten; gedrängt zwischen den hohen Pfeilern, sah man ihre nackten weißen Körper unter durchsichtigen Gewändern hervorschimmern.

Hier und da blitzte in ihren Haaren, auf ihrer Brust, an ihren Armen der plötzliche Reflex eines Edelsteines, oder eines emaillierten Schmuckes.

Als der königliche Hofzug erscheint, stimmen die Priester eine Hymne an den Gott Pthah an; ihre Stimmen erwecken die Echos der riesigen Wölbungen, füllen wie mit Donnergetöse die Galerien.

Zu gleicher Zeit schlagen unter den Hierodulen die einen die Klapper, deren Klang die Eigenschaft besitzt, die bösen Geister zu bannen, die anderen bewegen den Monait, eine Art symbolischer, geräuscherzeugender Peitsche.

Es ordnet sich ein Umzug und beginnt zu defilieren; an der Spitze schreiten die Soldaten und Würdenträger des Pharaonen, daran anschließend die Priester in gedrängten Reihen, dahinter folgen die Musikerinnen, sie schlagen die Saiten der Basslaute, und regeln so die Bewegungen ihrer Gefährtinnen zu dem Rhythmus eines feierlichen und langsamen Tanzes.

Inmitten der Gattinnen und Geliebten der Götter nähert sich die Sänfte der Nephoris. Dann, unter Vortritt des Hohepriesters, der Cheops beräuchert, lässt der König von der Höhe seines Thrones zwischen den leichten Säulen seiner Sänfte einen zugleich ironischen und gebieterischen Blick über die langen Reihen der Priester und zwischen den fantastischen Säulen und den Kolossen von rotem Granit schweifen.

Der Umzug erreicht das Bosket des Tempels, welches mit wohlriechenden Blumen und blühenden Lorbeerbäumen bepflanzt war, deren Blüten in der Nacht bleich sind.

Inmitten des Gartens schimmert unter dem azurblauen Himmel der heilige Teich, gleich einen stählernen Schild; aber manchmal bewegen spitzschnautzige, der Göttin Hathor, Gemahlin des Esneh geweihte Fische die Wässer des Ufers und bilden auf der Oberfläche silberne Reflexe.

An dem östlichen Ufer des Teiches liegt die Barke der heiligen Osiris vor Anker. Ihr Bug und ihr Hinterteil haben die Form einer Lotosblume. Gegen die Mitte des Schiffes, im Schatten eines von dünnen Säulchen getragenen Daches, sitzt der zur Mumie verwandelte Gott neben Isis, welche zugleich seine Schwester und Gattin war. Die anderen sieben Gottheiten von Memphis bilden sein Gefolge. Er scheint den milden Nordwind zu erwarten, um in die stetigen Gefilde zu segeln.

Unweit davon höhlt sich die symbolische Stiege aus, welche sich lief in die Erde hineinsenkt und den Ort darstellt, wo die Sonne jeden Abend in die Finsternis der höllischen Hemisphäre versinkt.

Bei der Ankunft des feierlichen Zuges werden die bevorzugten Gäste des Gartens aus ihrem Schlaf aufgescheucht; sie rühren sich und flattern: schwarze und weiße Ibisse schlagen schwerfällig mit den Flügeln, ganze Scharen von Katzen flüchten nach allen Richtungen und die Hundskopfaffen springen auf, um sich in den höchsten Gipfeln der Bäume anzuhängen.

Mittlerweile macht der Zug dreimal die Runde um das Wasser, dann hält er einem großen Gebäude gegenüber, vor einer riesigen Pylone, welche von Löwensphinxen bewacht wird, die aus Granitblöcken kauernd, ihre trotzigen Köpfe erheben. Hier steigen Cheops und seine Tochter aus ihren Sänften.

II. Die geheiligten Mysterien

Die Tochter des Pharaos steht aufrecht am Eingang der geweihten Gebäude, wohin die Unberufenen nicht eindringen dürfen. Eine tiefe Trauer verfinstert das Antlitz der Prinzessin.

Ihr dunkles Haar, welches über der Stirn mit einer weißen goldgestickten Binde befestigt ist, füllt in reichen Masten rückwärts und zu beiden Seiten des Kopfes herab, es verbirgt die Ohren und umrahmt mit schwarzen Löckchen ihr volles Antlitz mit geröteten Wangen.

Ein breites Halsband von Perlen aus Emaille und Ambra, welches aus grünen, roten und gelben Reihen besteht, und mit einer Reihe Anhängsel aus Topas abschließt, bedeckt den oberen Teil des Halses und ihrer Brüste. Diese wölben sich rund und fest unter der fast durchsichtigen Tunika. Netze von Glasperlen, welche aus Lotosblumen herausfallen, die auf den Schultern befestigt sind, verhüllen ihre Arme, und ihre Knöchel sind umspannt von Armbändern aus Türkisen und glänzenden Edelsteinen.

Sie umarmt die Mutter mit großer Herzlichkeit; dann, während die letztere ganz verweint allein inmitten der Soldaten in das Schloss der weißen Mauer zurückkehrt, treten Cheops und Nephoris in einen viereckigen, mit rosa Granit gepflasterten Hof ein, welcher von Gallerien umgeben ist, die von großen Bildsäulen aus Diorit getragen werden, die Mauern sind mit Tafeln aus Alabaster verkleidet, die mit Skulpturen geschmückt sind. Hier liegt wiederkäuend auf hellen und dichten Matten, welche oft erneuert werden, der Stier Hapi, das lebende Bild des Pthah auf Erden, der fleischgewordene Gott selbst.

Man sieht genau die auffallendsten seiner geheiligten Zeichen, einen Halbmond auf der Stirn und auf dem Rücken die Form eines Geiers.

Als er der Priester gewahr wird, steht er auf und stößt ein wiederholtes Gebrüll aus.

„Seine Heiligkeit ist nicht zufrieden, reizen wir nicht seinen Zorn!" ruft der König. „Gehen wir lieber unsere Huldigungen den anderen Gottheiten darzubringen, welche Memphis beschützen. Wir werden sie bitten, bei dem Herrn der Schöpfung für unsere geliebte Tochter Fürsprache einzulegen, dass er ihr eine glückliche Ehe gewährt."

„Gehen wir zunächst zu Sockhit, der Lieblingsgattin des Pthah."

Nachdem sie den Hof des Stieres Hapi verlassen hatten, dringt die Prozession in einen Tempel ein, in dessen Mitte die gewaltige und zerstörende Göttin, welche der Herrscher soeben anrief, den Kopf einer erzürnten Löwin auf dem Körper eines Weibes zeigte.

Zu ihrer linken scheint ihr Sohn Nosirtoumou, aufrecht das Haupt von einer Lotosblume gekrönt, aus der zwei Federn herausragen, und in der Hand einen gekrümmten Säbel haltend, zum Treffen gegen einen Feind vorzuschreiten.

Cheops schüttete ein reichliches Trankopfer an Wein auf den Opfertisch, der zu Füßen dieser Gottheiten aufgestellt war.

Dann zündete er Weihrauch vor ihnen an, wobei er die Gebete, die ihnen geweiht waren, hersagte.

Nachdem man andere Räume durchschritten hatte, worin man den Gott Thot, dem Schreiber der göttlichen Worte, mit dem Kopf eines Ibis oder Cynocephalus; die den Tod ihres Bruders beweinende Nephys; den Schakal Anubis, sowie andere göttliche Persönlichkeiten, die weniger wichtig waren, angebetet hatte, gelangten der Pharao und sein Gefolge in die geheiligte Halle der Isis-Selkit.

Auf dem Hauptaltar kauert die Göttin, die Mondscheibe zwischen zwei Hörnern und mit einem langen Gewand bekleidet; sie ist im Begriff Horus, das Kind, zu säugen. Sie hatte die Brust entblößt, und mit der rechten Hand hält die sorgliche Mutter ihre mit Milch geschwellte Brust.

Auf seine Knie gestützt, nähert der kleine ganz nackte Gott seine Lippen der Quelle des Lebens.

Zu Füßen der Isis sah man einen großen Frosch von grünem Jaspis, welcher die Göttin Hiquit darstellt die beim Entstehen der Welt zugegen war.

Man flehte sie um ihren Schutz bei der Niederkunft der Frauen an.

Die Prozession begab sich endlich in die Tempelhalle des Pthah, den aller heiligsten der Memphitischen Tempel, an dessen Schwelle keusche junge Mädchen bis zu ihrer Verheiratung stehen bleiben mussten, wegen der eindeutig erotischen Sinnbilder, welche darin ausgestellt waren.

Selbst die Tochter Cheops warf trotz ihrer Aufregung einen neugierigen Blick in den Saal.

Beim Licht unzähliger Dochte aus feinem Flachs, die in Behältern getaucht waren, welche die Form einer offenen Lotosblume hatten, mit Rizinusöl gefüllt waren, und auf Lampenständern aus Bronze ruhten, bewunderte die Prinzessin der Reihe nach die Malereien auf den Mauern und dem Plafond, welche die wichtigsten Legenden des Götterkultus in Memphis darstellten.

Von Ursprung der Zeit an bildeten die Erde und der Himmel ein engumschlungenes Liebespaar, der Gott unter der Göttin, und verschwindend in den Nou, den düsteren ewigen Gewässern. Aber zur Zeit der Schöpfung entstieg ein neuer Gott, Schou, aus diesem Chaos, und war zwischen Sibou und Rouit geschlüpft, und die letztere mit vollen Händen erfassend, hatte er sie mit der ganzen Gewalt seiner kräftigen Arme über seinen Kopf erhoben.

Man sah diese Szenen auf der platten Wölbung des Sanktuariums gemalt. Die gestirnte Büste der nackten Göttin verlängerte sich in den Weltenraum und bildete den Himmel; ihre Arme und ihre Beine nach rechts und links herabhängend stellten die vier Säulen welche nach der ägyptischen Astronomie das Firmament stützten.

Unterhalb, auf dem Erdboden liegend, in der Stellung eines Menschen, der plötzlich aus dem Schlaf geweckt ist, und der sich halb umwendet, um sich zu erheben, lag Sibou, der die Erde mit ihren Urbildungen des Bodens darstellt.

Unter den Fresken der Mauern bemerkte Nephoris die Barke, woraus Pthah-Osiris, die strahlende Sonne, zwischen Isis und Nephtis erscheint: er empfängt die Huldigungen der beiden kauernden Hundskopfaffen. Weiter davon baute Pthah, der oberste Architekt, die Welt mit Hilfe des Ellenbogens; denn als Schöpfer des Menschen formte er denselben mit seinen Händen. Dann der Gott Ra — die feurige Scheibe, mit welcher sich die Sonne für die Sterblichen erhebt, darstellend, entstieg in der Form eines Käfers dem Schoß der Göttin Rouit dem Himmel.

Im Mittelpunkt des Saales stand auf einem Sockel vom schwarzen Granit, eine riesige Statue aus Gold, welche den Pthah-Hapi vereinigt mit Osiris darstellte; er hat einen Stierkopf, der mit der Scheibe und dem Ureäus gekrönt ist.

Der Gott steht aufrecht und schwingt mit der linken Hand das Zepter mit dem Hacken. Seine emaillierten Augen blitzen.

Der Gott befindet sich hier am Weg der Wiedergeburt, und ist in seiner vollsten Kraft und Fruchtbarkeit.

Vor ihm, auf einem Opfertisch, der aus einem Basaltblock besteht, dessen Oberfläche leicht ausgehöhlt ist, häufen sich die Gaben auf, welche dem Herrn des Himmels bestimmt sind: Brote und Kuchen, Ochsenkeulen, mit

Feigen gefüllte Körbe und Vasen mit wohlriechenden Substanzen.

In dem Sanktuarium bemerkt Nephoris nicht ohne Erstaunen andere merkwürdige Bilder der obersten Gottheit, ebenso einzeln, wie vereint in drei Personen: Pthah, Sokar, Osiris.

Hier ist der letztere im Zustand der Mumie, mit grünem Fleisch, wie ein Kadaver, der in Zersetzung begriffen ist. In einem Lehnstuhl sitzend, ist er mit einem Diadem aus Federn geschmückt und hält in der Hand das Zepter mit dem Hacken, die Peitsche sowie das Kreuz mit dem Henkel.

Etwas weiter ist Pthah-pantheos oder Patequs, mit dem Körper eines buckligen verdrehten Mannes, er stellt seine Füße auf zwei Krokodile, zwischen zwei langen Schlangen, welche sich hinter ihm winden. Der Gott hat fünf Köpfe; drei von vorne, in der Mitte einen Menschenkopf, der rechts die Schnauze eines Cynocephalus, links der Schnabel eines Sperbers begrenzt; beide Köpfe sind mit der Sonnenscheibe geziert, von hinten hat er einen Widderkopf, den der Kopf des Hathor überragt, der mit Hörnern versehen ist. Auf seinem Rücken hängt ein Sperberschweif; und ein Käfer aus Edelsteinen funkelt auf seiner Brust.

Eine große Menge gemalter Statuen, welche Menschengestalten haben, stehen in geraden Linien längs der Mauern auf dem Boden von rotem Granit, sie stellen alle den Gott Pthah dar, er hat stets den Stierkopf, eng vereinte Füße und macht mit der rechten Hand eine symbolische Gebärde.

In dem weiten Viereck, welches diese verschiedenen Sinnbilder der zur Zeugung dienenden Kräfte bilden, sind die Priester in konzentrischen Kreisen aufgestellt, während die Pallaciden, sich aufrecht haltend, hinter den Phallusstatuen sich befinden.

Der Pharao führt seine Tochter an der Hand zu dem Altar im Mittelpunkt des Tempels und lädt sie ein, sich auf einen Sitz aus Alabaster an der Seite des Pthah niederzusetzen.

Dann schüttet er Trankopfer aus reinem Wasser, Bier und rotem Wein zu Füßen der Gottheit aus; er zündet in Räucherpfannen aus Elektrum, liegende Kerzchen von Kyphi an, die aus sieben wohlriechenden Substanzen bestehen, unter denen die Myrrhe, der Terpentin, das Harz, der Zimt und das Mastix vorherrschen. Die Rauchwolken der wohlriechenden Substanzen heben sich in weißen spiralförmigen Säulen empor und verbreiten im ganzen geheiligten Raum ihre köstlichen Düfte.

Zu gleicher Zeit kreisten von Hand zu Hand unter den Priestern und den Hierodulen tiefe goldene Becher, worin ein zum Sinnengenuss reizendes Getränk dampft, das nach Pfefferminze und starken Gewürzen riecht.

Inmitten der zunehmenden Aufregung ertönt eine Stimme; sie spricht:

„O, Ihr Propheten, Zauberer, Wahrsager, und auch Ihr Gattinnen des Pthah, beschwichtigt den Zorn der Götter mit der freiwilligen Huldigung Eures Schmerzes und mit Euren Freuden, fleht, dass der himmlische Stier meiner Tochter, die noch Jungfrau ist, in seiner geheimen Verbindung mit ihr das unaussprechliche Geheimnis der glühendsten Sinnenlüste enthüllen möge."

Alsbald beginnen Musiker, welche hinter dem Altar aufgestellt sind, eine Instrumentalmusik, welche mal lebhafte, mal sanfte schmeichelnde Melodien vorträgt, worin sich die scharfen Töne der Neglaris und jene der ernsten Monaule mischen.

Die Diener des Gottes beginnen nun in einer sich um sich selbst drehenden Bewegung zu tanzen. Ihre Schritte sind zuerst sehr langsam; dann nimmt die Schnelligkeit zu, und die Priester drehen sich schließlich wie Kreiseln, die man geworfen hat, so lange bis sie keuchend und von Schweiß triefend, die einen auf die anderen niederstürzen.

Aber sie erheben sich fast sofort wieder; jeder von ihnen erfasst den Schweif des Schakals, der an seinem Gürtel angehängt ist, und beginnt aus Leibeskräften seinen Nachbar damit zu prügeln.

Die Überspanntesten ergreifen Dolche von Silex, welche hinter ihren Gürteln stecken, und schneiden sich kreuzweise Furchen in die Schenkel, aus denen Blutstropfen perlen.

Eine religiöse und zugleich unzüchtige Glut erhebt ihre Brust und wirft Feuer in ihre angeschwellten Adern. Ihre Augen sprühen Flammen; und ihren zusammengeschnürten Kehlen entschlüpfen rauhe, heisere Schreie.

Die einen erfassen sich Mann gegen Mann, umschlingen sich und beißen einander wie rasend, die anderen verstümmeln wild und wie wahnsinnig vor Freude heulend ihren Körper, worauf sie hingehen und die blutigen Fetzen ihres zerrissenen Fleisches auf den Altar des Pthah niederlegen.

Der Hohepriester macht diesem abscheulichen Gebärden, welches der grausamste Fanatismus einflößt, ein Ende. Auf seinen Befehl tragen die Diener des Tempels die betrunkenen oder verwundeten Priester aus der Einfriedung hinaus; die anderen gehen unter Anführung des Cheops fort, indem sie die Prinzessin und die Pallaciden in der Kapelle allein zurücklassen.

Während der vorhergehenden Szenen waren die geheiligten Kurtisanen stumme Zuschauerinnen geblieben; aber feurige Liebesfunken strahlten aus ihren großen weit geöffneten Augen; und ihre Körper erbebten zuweilen unter den Geißelhieben unbefriedigten Verlangens.

Als sich alle Männer entfernt hatten, unterbrachen sie sofort ihre andächtigen Stellungen, welche sie bisher beibehalten hatten. Sie fingen sofort unter Freudengeschrei und mit unzüchtigen für den Gott Pthah bestimmten Gebärden zu tanzen an. Ihre festen Brüste mit erhobenen Spitzen blieben fast unbeweglich, während ihre feinen abgerundeten Hüften gleich eleganten Amphoren, und ihre Bäuche, unter denen ein leichtes dreieckiges Schürzchen blitzte, welches mit Goldperlen durchwirkt war, sich in immer schneller werdendem Rhythmus bewegten. Endlich stürzten sie im Paroxismus der mystischen Leidenschaft auf die längs der Mauer stehenden Statuen los, die alle Pthah als Symbol der Befruchtungskraft darstellten.

Jede Hierodule umklammert krampfhaft mit den Armen eines der Götzenbilder mit der grünen Maske einer Mumie oder einem Stierkopf.

Hierauf ruft sie mit durchdringenden Tönen die Seele des Gottes an. In diesem Augenblick erfasst die Vorsteherin der Pallaciden Nephoris bei der Hand, sie führt das junge Mädchen aus dem Saal, welches von den lärmenden Zeremonien, die sich vor ihren Augen abspielten, eigentümlich bewegt war.

III. Der Tempelraum des geheiligten Käfers

Die Hohepriesterin führt Nephoris durch unterirdische Gänge und Galerien, welche mit bemalten Reliefs geschmückt sind, in eine Art von Zelle, die von den Priestern als das heiligste Mysterium verehrt wird.

Den Eingang in das Heiligtum verschließt eine massive Pforte aus Ebenholz, dann ein Behang, der aus schwerem Goldstoff geschnitten ist.

Diese Tempelzelle ist in einem wunderbaren, fein geäderten Monolith ausgehöhlt; das Sanktuarium ist ungefähr neun Ellen hoch, sieben breit und acht tief. Auf der Decke, an den Wänden glänzen vergoldete Skulpturen, welche Göttergestalten und religiöse Sinnbilder darstellen.

Unter den verschiedenen Bildern, macht die Seherin ihre königliche Eingeweihte auf eine Folge von erotischen Szenen aufmerksam, die, wie sie sagt, den Sieg der erzeugenden Gewalt über die unfruchtbare Jungfräulichkeit darstellten.

Man sieht zunächst den gewaltigen Stier gegen Hymen vordringen. Dieser ist mit Rosen bekränzt und verteidigt aufrecht stehend zwischen zwei Säulen den Eingang in den Palast der Liebe. Zur linken und zur rechten Hand dieses Gottes stehen Nymphen, welche ein gesenktes Füllhorn halten, aus dem ein Wasserstrahl rinnt.

Weiter dringt der Stier in den Eingang, den Hymen verteidigt hatte, und der letztere entflieht, indem er hinter sich mit entblätterten Rosen untermischte Myrtenblätter ausstreut.

In den Ecken des Sanktuariums stehen auf Säulchen von Alabaster große Becher aus ziseliertem Silber in Form von Lotosblumen, in denen Dochte flammen, die von parfümiertem Olivenöl getränkt sind; und auf Dreifüßen aus Bronze glüht in silbernen Pfannen gestoßener Weihrauch.

Löwen-, Leoparden- und Siegerfelle bilden einen weichen Teppich für die Füße.

An der Mauer im Hintergrund bemerkt Nephoris auf einem kleinen Altar aus Diorit einen Käfer, der aus einem großen Smaragd geschliffen und von einem goldenen Reifen umgeben ist, zwischen zwei Cynocephalen, welche diese aller heiligste Darstellung der Sonne anbeten.

Unterdessen entkleidet die Hierodulde das junge Mädchen ihrer Tunika aus Byssos; sie überflutet ihre schwarzen Haare mit wohlriechenden Essenzen und verbreitet über ihren lilienweißen Körper Myrobalsam, dieses kostbare Öl mit dem lieblichen Duft, welches aus der Behenuß gewonnen wird.

Um ihre Taille ordnet die Priesterin eine Girlande von weißen Lotosblumen, deren Blätter die zarte Haut des jungen Mädchens schmeicheln.

Dann spricht sie zu ihr:

„Nun, bist Du bereit, meine Tochter, den Besuch des Pthah zu empfangen, denn ehe Du Dein Vaterland verlässt, um einem fremden Fürsten zu folgen, gebührt es sich, dass Du unseren heiligsten Gebräuchen gehorchend dem Gott des Himmels in seiner irdischen Gestalt Deine jungfräuliche Unschuld als Opfer darbringst.

Ehemals vor der Regierung des glorreichen Menes, in der Zeit, wo es noch keine Ehebündnisse gab, waren alle Frauen verpflichtet sich den Männern hinzugeben, die sie begehrten. Die Kurtisanen unserer Zeit, welche ihren wollüstigen Ritus in dem Tempel des Bast ausüben, erhalten in unseren Tagen diesen alten Gebrauch.

Später eignete sich der Mann in seinem Hochmut ausschließliche Rechte über einige Frauen an, aus denen er seine Gemahlinnen, oder seine Konkubinen machte. Aber er wurde genötigt den Göttern oder ihren Stellvertretern die Erstlingsfrüchte der Liebe zu gewähren.

Durch eine besondere Gunst, welche den Töchtern der Pharaonen gewährt wird, ist es der lebende Gott selbst, der alsbald die weiße Lotosblume Deiner Jungfräulichkeit pflücken wird.

Verscheuche die Furcht aus Deinem Geist, uns möge der Herr des Himmels in Deiner Person eine für seine Umarmungen fügsame Gattin finden."

Nach dieser Anrede zieht sich die Hohepriesterin zurück, das ängstliche junge Mädchen allein in dem Tempelraum lassend.

Bald darauf hebt eine Hand den goldenen Vorhang des Eingangs und ein ganz nackter Mann mit der Maske eines Stierkopfes erscheint vor der entsetzten Prinzessin.

Diese weicht zurück und verbirgt sich hinter dem mystischen Altar der Sonne. Der Satyr verfolgt sie, es gelingt ihm sie zu fangen, und er bemüht sich sie in seine Arme zu pressen.

Obzwar eine religiöse Furcht das Herz der Neporis erfüllt, so verteidigt sie sich doch gegen die Umarmungen des Unbekannten. Bei den Kraftanstrengungen, welche der letztere macht, reißen die Riemen, die seine Maske an den Schultern festalten, der Stierkopf rollt aus den Boden, und die Tochter des Pharaonen erkennt das Angesicht Cheops.

„Mein Vater!" murmelte sie, und fällt besinnungslos aus das fahle Fell eines Löwen.

Viertes Kapitel

Die Flucht der Nephoris

I. Die Stadt Memphis

Unter dem blassblauen mit Purpur und Gold gestreiften Morgenhimmel erwacht das Leben in Memphis.

Auf den Dächern der Häuser, in der durchsichtigen Luft, beginnen die Einwohner sich zu regen. Sie haben soeben hier die Nacht verbracht, ausgestreckt unter dem Schutz der Fliegennetze, und auf frischen Matten, den Kopf auf Holz- ober Tonbänkchen gestützt. Die ersten Sonnenstrahlen, welche ihr Gesicht vergoldeten, haben sie den Sorgen des Tages geweckt. Männer und Frauen nehmen ohne sich zu schämen ihre Körperwaschungen vor.

In den Irrgängen der engen Gässchen hallen die schweren Schritte der Bauern wieder, die vom Land kommen und auf die Marktplätze eilen, der Galopp der Esel, die Ruf der Barbiere, die von Tür zu Tür laufen, mit ihren aus einem spitzen Dolch bestehenden Rasiermesser.

Da und dort erhebt sich der Ruf eines jener Kaufleute, die ihre Fruchtkörbe mit wilden Mandeln beladen haben.

Diese müssen sehr saftig sein: denn manchmal erscheint im Schatten einer geöffneten Tür eine Frau aus dem Volk, späht die Annäherung des herumziehenden Verkäufers ab, und bietet ihm zum Tausch ein paar Sandalen oder einen Speiserest für eine Handvoll seiner Früchte an.

Längs der mächtigen Dämme, welche den Nil auf den drei Seiten von Memphis begrenzen, ziehen mehrere Alleen von mächtigen Sykomoren einen Halbkreis von dichtem Grün um die Stadt.

Im Osten, wo der Fluss läuft, und gegen die Mitte der Anhäufung dehnt sich der Damm aus: er bildet eine weite Fläche, in deren Mitte sich ein Obelisk erhebt.

Hier gewähren weißliche Akazien, mit schlanken Zweigen, die ein blasses Laubwerk gleich einer lustigen Spitze tragen, Akazien, die zwischen den Sykomoren gepflanzt sind, dem Tageslicht und der Luft das rautenförmig gepflanzte Gehölz zu durchdringen.

An diesem Ort, beim Fuß eines Baumes, unweit des glitzernden Wassers, sitzen Nephoris und Miri fast ausgestreckt auf einem mit Gras bewachsenen Hügel.

Sie betrachten mit einer Neugierde, welche mit Furcht vermischt ist, die gehenden und kommenden Seeleute und die Lastträger, welche die Arbeit beginnen. Die letzteren tragen die Lasten auf ihrem völlig rasierten Kopf.

Unter ihnen entleeren die einen große Barken, welche in Reihen geordnet am Damm liegen; die anderen tragen Waren auf die Schiffe, welche zur Abfahrt bereit sind. Manchmal wirft die Ältere einen melancholischen Blick auf das Ufer des Flusses, welches mit befestigten Schiffen bedeckt war, zwischen denen das trübe Wasser des Nils murmelt. Dann ergreift Miri mit ihren kleinen Händen die ihrer Schwester, welche sie mit Zärtlichkeit drückt.

Nephoris kann das Bild der abscheulichen Szenen, die sie vor einigen Stunden erlebt hatte, nicht aus ihrem Geist verscheuchen; sie sieht noch immer das von hässlicher Leidenschaft entstellte Gesicht ihres Vaters ...

Sie erinnert sich an den schmerzlichen Riss in ihrem Herzen, den sie empfand, als sie wieder zu sich kam. —

Sie öffnet die Augen, sieht zuerst Miri, in Tränen gebadet über sie geneigt, welche das Wiedererwachen ihrer Schwester erwartet hatte.

„Wo bin ich?" murmelte Nephoris.

„Im Schloss der weißen Mauer." antwortete ihre Gefährtin.

Und Nephoris erkennt um sich herum ihre gewohnten Möbel. Sie versuchte sich zu erheben; aber ihr Körper war gebrochen. In diesem Augenblick erpresst die Erinnerung an eine für sie entsetzliche Lage ihr schmerzliche Klagen und heiße Tränen.

„O! Miri, wenn Du müsstest," stammelte sie schluchzend; „wenn Du wüsstest, was man mit mir gemacht hat!"

Und sie erzählte ihr von den harten Proben.

„Ich will ihn nie mehr wiedersehen." rief sie aus, von Cheops sprechend. „Er erfüllt mich mit Entsetzen!"

Und jetzt, wird man sie nicht sogleich in die Arme dieses schrecklichen Mazait werfen?

Das war wirklich zu viel! Der Gehorsam, welche sie dem Pharao schuldete, forderte keine solchen Opfer.

Schließlich empörte sie sich. Sie weigerte sich dem Schicksal zu unterwerfen, welches man ihr vorbehalten hat.

Die letzte Sklavin war gewiss weniger unglücklich als diese Königstochter. Der hohe Rang, die Ehrenstellen und Reichtümer kümmerten Nephoris wenig, da sie sie so teuer bezahlen musste. Sie zog es vor, den Hof zu verlassen, aus dem Palast zu fliehen, sich unter einem falschen Namen in Memphis oder auf dem Land zu verbergen, mit eigenen Händen zu arbeiten und als Arbeiterin oder Bäuerin unbekannt zu leben.

Vielleicht wird es ihr gelingen, eines Tages Hermias wiederzufinden. Sie dachte, dass es dem Fischer während seiner Reisen zu den eingebildeten Minen gelungen sei, die königliche Überwachung zu täuschen und zu entfliehen: sie wusste nicht, dass seit dem gestrigen Tage ihr heldenmutiger Retter fest an den Felsen des Sphinx gefesselt, in nobler und verächtlicher Stille seine von stoischer Energie leuchtenden Augen auf den unerforschlichen Horizont heftete.

Ah! wie glücklich würde sie sein, wenn Hermias sie von neuem in seine Arme schließen könnte!

Sie fühlte noch auf den Lippen den süßen Druck seines Kusses.

Aber sie sollte ohne Zögern abreisen.

Denn der Fürst von Nubien wird nicht zögern, die Gemahlin zu verlangen, welche man ihm versprochen hat.

Die Nacht nahte ihrem Ende. Schon begannen die Sterne in dem dunkeln Azur zu erblassen. In der Ferne verbreitete sich auf den Gipfeln der Arabischen Gebirgskette eine weiße und rosige Linie. Es war daher notwendig, dass Nephoris vor dem Aufgang der Sonne aus dem Schloss entfliehen konnte.

Dieser Gedanke gab ihr neue Kräfte:

Sie hatte sich mit fester Willenskraft erhoben. Miri wollte ihr durchaus folgen.

Die beiden Freundinnen nahmen in Eile einige Schmuckgegenstände, die einfachsten, aus ihrem Kästchen. Sie zogen rasch eine Tunika von gewöhnlicher weißem Leinen an, solche, wie sie die geringsten Mägde des Harems trugen.

Dann schlüpften sie vorsichtig längst der zu dieser frühen Stunde vereinsamten Galerien; und ohne erkannt zu sein, gelang es ihnen die Gebäude zu erreichen, welche für die königlichen Küchen vorbehalten waren.

Hier herrschte von Tagesanbruch eine große Geschäftigkeit. Eine ganze Schar von Dienern häufte hier die zum Bedarf des Hofes während des Tages notwendigen Lebensmittel auf.

Man brachte diese aus besonderen Gebäuden, die um das Schloss herum erbaut waren und die ungeheure Vorräte bargen.

Neben dem Gebäude des Goldes — welches zur Stunde leer war, wo selbst Cheops die kostbaren Geschmeide und Goldbarren, die ihm sein Schwiegersohn Mazait schicken wird, anzuhäufen dachte, unweit von dem Waffenlager, einem Arsenal, welches mit Kriegskeulen, Lanzen und Dolchen von Stein oder Bronze, Bogen und Pfeilen angefüllt war, sah man das Gebäude der Rinder, das Gebäude der Feldfrüchte, das Gebäude mit aufbewahrtem und getrocknetem Obst, das Branntweinlager, schließlich das weiße Gebäude, wo man die Stoffe, die Gewänder und Geschmeide aufbewahrte.

Die Domänen, die Stapelplätze, die Stallungen und die königlichen Werkstätten versahen diese Magazine mit Vorrat, aus denen sich die Intendanten alles verschafften, was sie für den Unterhalt und die Lebensmittel für den

Hof, die Wachen eben sowohl wie für die Funktionäre benötigten.

In dem Augenblick, als die flüchtige Nephoris und ihre Gefährtin in den ersten Hof der Gemeinen eindrangen, zerviertelten die Fleischer gerade Ochsen, welche sie soeben geschlachtet hatten, die Lieferanten der Meeresprodukte reihten Binsenkörbe auf, welche mit Fischen mit rosigen Flossen und silbernen Schuppen gefüllt waren; die Kellermeister ordneten Hunderte von Krügen, welche Wein oder Bier, das aus Gerste bereitet war, enthielten.

Küche, Bäcker und Garküche beeilten sich das Mehl, die Butter, die Eier, das Wildbret zu empfangen, welches zur Ausübung ihrer speziellen Beschäftigungen unumgänglich notwendig war.

Inmitten dieser lärmenden Menge durchschritten die zwei Prinzessinnen sehr rasch den Hof und erreichten den weit geöffneten Eingang, der von Lieferanten versperrt war.

Man hielt sie dank ihrer Kostüme für Dienstmädchen, die einen Morgenspaziergang unternahmen; auch fielen bei ihrem Vorübergehen manche kecken Witzworte.

Errötend und verlegen, beschleunigten sie ihre Schritte und befanden sich endlich ohne Hindernis außerhalb des Palastes.

Dann verirrten sie sich in einen Labyrinth von Gässchen; und der Zufall hatte sie auf den Marktplatz geführt, wo sie von durch die Aufregung ihrer Flucht erlahmt, von Müdigkeit gebrochen, sich unter dem Schatten einer Sykomore niederließen.

Die Leute gingen gleichgültig an den Töchtern Cheops vorüber. Denn nichts unterschied sie in ihren Kleidern von den gemeinen Frauen.

Es ist wohl wahr, dass kostbare Halsbänder von emaillierten Perlen ihre Kehlen verhüllten. Aber viele Frauen von Memphis trugen ganz ähnliche. Allein die Armbänder aus Smaragden konnten die Aufmerksamkeit eines Beobachters auf sich ziehen, der erstaunt wäre, so kostbare Geschmeide auf den Armen junger Mädchen zu sehen, die so ohne alle Umstände auf einem öffentlichen Platz saßen. Aber die beiden Schwestern ahnten nicht, damit eine bedeutungsvolle Unvorsichtigkeit zu begehen.

Das zunehmend rege Treiben auf dem Markt interessierte sie sehr. Bis zur Stunde in einem Harem eingesperrt, hatten sie sich niemals unten beim Volk sehen lassen. Es war daher alles für sie ein Gegenstand des Staunens und der Überraschung.

Sie sahen mit verwunderten Augen die nackten Bauern mit rasierten Köpfen und Leibern in langen Reihen ankommen.

Wohlhabendere Bauern trugen einen Schurz aus weißen Leinen, der im Gürtel befestigt war, aber genug tief dass, um den Nabel unverhüllt zu lassen. Unter ihnen hielten die einen am Ende eines Stabes, der auf ihre Schulter gestützt war, ein kleines Päckchen befestigt, das aus einem feinen weichen Stoff bestand; das war ihr Mantel, in welchen sie sich nach Sonnenuntergang einhüllten. Andere von ihnen trugen ihre Kleidung in eine lange und dünne Rolle gewickelt, die an beiden Enden befestigt war, quer über die Brust hängend, wie ein Bandelier.

Jeder dieser Landmänner trieb ein Herde Gänse, Ziegen, Schafe, Ochsen mit breiten Hörnern vor sich her bis zum Mittelpunkt des Marktes, wo er sich aufhielt, und dann auf dem gewählten Ort stehen blieb, sorgfältig seine Herde bewachend und Käufer erwartend.

Auf der unteren Seite des Platzes, den Mauern der Häuser entlang, ließen sich auf die Erde kauernd tausend Verkäufer aller Art nieder; die meisten davon waren gelegentlich hier: Gemüsegärtner, mit ihrem Obst und ihren Gemüse, das auf Matten oder in Körben aus Zwergpalmblättern aufgehäuft ist; seitwärts waren die Fischer aufgestellt, welche ihre Fische auf feuchten Gräsern, die beständig begossen wurden, ausbreiteten, weiter sah man die Vogelhändler mitten unter ihren Käfigen, die mit lebenden und in Netzen eingefangenen Vögeln gefüllt waren; Jäger, die fette Wachteln auf

Spießen, Enten, Wildgänse und Kibitze, sowie Gazellenviertel verkauften.

Weiter unten befanden sich Töpfer hinter ihren Näpfen und aufgestapelten Schalen, Krügen und Motiv-Töpfen aus gebrannter Erde, an deren Enden das wunderliche Gesicht des Gottes Bison grinste.

Auf kleinen flachen Tischchen bot man runde und platte Brotkuchen, welche aus Weizen oder aus Gerste oder Hirse bereitet waren, in Öl gebackene Kuchen, Stücke Fleisch, die roh oder verschiedenartig zubereitet waren, Dattelzweige und eingemachte Früchte an.

Nach einer langen Ruhepause mischten sich Nephoris und Miri unter die Menge der Käufer, worunter die Frauen vorherrschend waren. Denn im Allgemeinen waren die Ägypter während des Tages in ihren Werkstätten oder zu Hause mit ihrem Handwerk beschäftigt.

Seit die Prinzessinnen sich unter dem Volk bewegten, verursachten ihnen unangenehme ranzige Düfte und der fade Geruch von Rizinusöl Übelkeiten. Um sie herum glänzten in der Tat menschliche Glieder und Körper, die mit diesem Öl eingerieben waren, um die Haut vor dem Aufspringen in der Sonne zu schützen.

Rücksichtslos herumgestoßen und gedrängt, sahen die jungen Mädchen überall nur gewöhnliche Gesichter mit groben Zügen und kleinen zugezwinkerten Augen, kurzen

Nasen mit sich ausbreitenden Nasenlöchern — runden Wangen, dicken Lippen und einem viereckigen Kinn.

Es waren die Einwohner von Memphis oder Landleute, Männer, Frauen, alle waren mit Schmuck überladen, sie trugen Hals- und Armbänder in doppelten Reihen, an den Armen und Fußknöcheln, diese Schmuckgegenstände bestanden entweder aus aneinander gereihten Kaurimuscheln und roten Körnern, oder kleinen glänzenden Kieselsteinchen und Perlen aus verschiedenfarbiger Emaille.

Die Bauern, die Arbeiter ließen die blauen oder grünen Tätowierungen auf ihren Körpern, sogar oft auf ihren Rücken sehen; und die Weiber aus der niederen Volksklasse breiteten im Sonnenschein ihre Brüste aus, die mit rötlichen Einschnitten bedeckt waren, welche von der Brustwarze einen lebhaften Hunger, der ihren Magen zu quälen anfing. Appetitliche Honigkuchen, die aus dem Backofen herauskamen und die ein umherziehender Händler auf seinem flachen Korb herumtrug, verlockten sie stark, aber sie wussten nicht, was sie ihm zum Tausch anbieten sollten. Eines ihrer Geschmeide? Das war alles, was sie besaßen.

Nephoris bot ihm ihr Halsband aus Smaragden als Zahlung für einige Kuchen an. Der Bäcker sah sie mit einer schlauen und lächelnden Miene an: er betrachtete diesen Vorschlag als einen Scherz.

„Nein!" sagte er, „das ist zu schön für mich; ein Halsband aus Kaurimuscheln würde besser für mich passen."

Dann, als Nephoris darauf bestand, geriet er in Zorn und rief, dass man sich nicht auf eine solche Weise über einen Unglücklichen belustigen solle. Erschreckt entflohen die beiden Schwestern diesen Mann und seine Verwünschungen.

„Zerreiße den Faden Deines Armbands." schlug darauf Miri ihrer Gefährtin vor. „Wir wollen dann jeden der Edelsteine gegen mehrere Halsbänder von Muscheln oder Perlen aus Emaille eintauschen; dann können wir uns mittels der letzteren leichter das verschaffen, was uns notwendig sein wird."

„Dieser Gedanke scheint mir gut." erwidert Nephoris.

Die beiden jungen Mädchen suchen einen Händler mit Schmucksachen; sie finden sehr bald einen Mann, der rasch in einen für ihn so vorteilhaften Tausch eingeht. Jetzt handelt es sich darum, einen Kuchenbäcker zu finden, der Lust dazu hat, ein Halsband aus Kaurimuscheln zu erwerben. Da ist einer, er kauert neben seinen großen Körben, worin eine Menge verlockender Naschereien aufgehäuft sind. Er macht bereits mit mehreren vor ihm stehenden Leuten Geschäfte.

Eine Bäuerin bietet ihm Zwiebeln an, eine andere Feigen von Sykomoren; eine dritte ein wenig Korn in einem Korb.

Nephoris reicht dem Kuchenhändler einen der Schmuckgegenstände, die sie soeben erstanden hat.

„Behalte Dein Halsband, meine Schöne." antwortet er. „Das, welches ich habe, genügt mir."

Enttäuscht zieht das junge Mädchen Miri hinweg, um einen andern gefallsüchtigeren Bäcker zu finden; aber ein Gärtner, welcher die vorhergehende Szene mit angesehen hatte, ruft die Tochter Cheops und bietet ihr an, das Halsband gegen Früchte einzutauschen. Nephoris nimmt diesen Vorschlag an; und die beiden Schwestern können sich endlich sättigen.

Dann setzten sie ihren Weg quer durch den Platz fort.

Sie horchten mit kindlicher Neugier auf die Vorschläge, die man sich gegenseitig machte, und auf die drolligen Späße, die man sich zurief.

Hier handelt ein armer Bürger um eine Eselin, er bietet dem Eigentümer des Tieres einen Koffer aus Akazienholz, einen Stock und zwei neue Schurzfelle an. Der Eigentümer des Tieres verlangt außerdem noch einen Schemel aus Palmenholz.

„Benötigst Du nicht noch etwas." erwidert der Käufer ironisch. — „Brauchst Du nicht noch etwa einen Sarg aus Wacholderholz, um Deine kostbare Mumie zu erhalten ?"

101

„Diese Leute können nicht übereinkommen." bemerkte Nephoris.

Plötzlich entsteht eine große Bewegung auf dem Marktplatz. Nubische Soldaten schwingen ihre Keulen und brechen sich Bahn durch die Menge. Sie schreiten vor einem königlichen Herold. Dieser bleibt in der Mitte des Platzes stehen, und stößt in die Trompete. Nach und nach verstummt jeder Lärm. Sobald vollständige Stille eingetreten ist, beginnt der Offizier mit laut schallender Stimme einen Ausruf des Königs an das Volk vorzulesen.

Der Pharao zeigt die Flucht seiner Töchter an; er gibt darin von ihnen eine flüchtige Personenbeschreibung kund und befiehlt denjenigen, die sie begegnen werden, sie in das Schloss zurückzuführen.

Nach dieser Bekanntmachung verlassen die Garden und der Herold den Marktplatz, um den königlichen Aufruf an den hauptsächlichsten Straßenecken zu verkünden.

Als die beiden Prinzessinnen es erfahren, dass ihr Vater sie schon suchen lässt, verlieren sie die Fassung. Aber Nephoris flüstert ihrer Schwester ins Ohr:

„Mut! wir müssen dagegen handeln. Verraten wir unsere Bestürzung nicht, sonst sind wir verloren."

Um sie herum, bespricht die erregte Menge lärmend den Aufruf; und jedermann beklagt das Schicksal der beiden jungen Mädchen.

„Sie waren wahrscheinlich zu unglücklich im Harem." sagte eine junge Frau.

„Die Prinzessin Nephoris ist ohne Zweifel deshalb entflohen, um dem zu entgehen, die Gattin Mazait werden zu müssen, und ihre Schwester wollte sie ohne Zweifel nicht verlassen," erklärt mit wichtiger Miene ein kleiner anmaßender Schreiber; „aber man wird sie, wie ich hoffe, bald finden; und wir werden dann die Hochzeit feiern, welche seine Majestät wünscht."

Bei diesen Worten betrachten die Leute den Funktionär misstrauisch; bann zerstreuen sie sich schweigend.

Nephoris zieht Miri auf dem Damm, indem sie ihr sagt:

„Entfernen wir uns von hier. Unter so vielen Leuten könnte uns jemand erkennen. Fliehen wir auf das Land. Dort werden wir, glaube ich, sicher sein."

II. Das Stadtviertel von Anchta.

Um aus Memphis herauszukommen, welches die Gewässer des Nils fast von allen Seiten umspülen, müssen die Töchter des Cheops quer durch die Stadt gehen und das südliche Stadttor erreichen.

Sie schreiten zunächst längs der Dämme, wo zahlreiche Schiffe vor Anker liegen.

Schwere, zum Warentransport bestimmte Barken, oder zierliche, zum, Vergnügen dienende Fahrzeuge mit schlanken Enden, die mit feinen Skulpturen geschmückt sind.

Die einen sowie die anderen sind mit lebhaften Farben bemalt, von gelben oder weißen Segeln überragt, und bilden auf der bläulichen Fläche des Flusses ein sehr malerisches Bild.

Auf der anderen Seite erheben sich großartige Gebäude, welche hauptsächlich vornehmen Herrn und reichen Privatmännern gehören. Da das häusliche Leben sich hier sorglich in das Innere der Wohnungen birgt, so sieht man längs der Kais bloß sehr hohe Mauern ohne Fenster, deren ausgezackte Ränder sich an manchen Stellen zwischen den in hohen und geraden Linien gepflanzten Sykomoren zitternd in den schnellfließenden Gewässern abspiegeln.

Manche Mauern sind ohne äußeren Anwurf, zeigen ihre rauhen Flächen von bloßen Ziegelsteinen. Andere sind mit einem gelben oder schwärzlichen Schlamm bedeckt.

Hier und da deutet eine mit weißem Kalk getünchte Mauer unter den dunklen nachbarlichen Massen auf die prächtige Behausung eines hohen Beamten oder aus ein dem öffentlichen Dienst geweihtes Gebäude. Hier zieren prismatische und vertikale Furchen, die von Lotosblumen überragt sind, starke Mauern; Statuen oder Sphinxen aus Kalkstein oder Granit begrenzen die schmalen Türen.

Zwischen diesen Bauten und dem Fluss schreiten Nephoris und Miri in dichtem Schatten einher. Einige Schritte vor ihnen spazieren zwei junge Funktionäre, die in ihre Mäntel gehüllt, mit lauter Stimme sprechen und lachen.

Die Prinzessinnen hören, wie der eine von ihnen zu seinem Begleiter spricht:

„Der Vorsteher der Sekretäre hat dieser Tage ein Gesuch unseres Kameraden Kasa, des Kontrolleurs der Herden, erhalten. Unser Freund langweilt sich, wie es scheint, in seinem Sitz zu Pamazit; er verlangt einen Urlaub, um einen Monat hier mit uns verbringen zu können. Ich habe seinen Brief abgeschrieben. Hör Dir dieses schöne Stück von Verwaltungs-Literatur an:

„Mein Herz ist aus meiner Brust entflohen; es reist und kann nicht wiedergekommen: Es sieht Memphis und begibt sich dorthin. Könnte ich dort mit ihm verweilen?

Ich bleibe gebannt, um meinem Herzen zu folgen, welches mir die Richtung der schönen Stadt weist. Möge es Pthah gefallen, mich nach Memphis zu geleiten!

Geruhe auch Du selbst, o, verehrter Meister, mir zu gewähren, dass man mich bald freudig dort auf dem großen Platz und auf den Kais wiedersieht.

Ich habe Muße: mein Herz wacht; mein Herz, es ist nicht mehr in meiner Brust. Eine Mattigkeit lähmt alle meine Glieder. Mein Auge schwächt sich. Mein Gehör schwindet; meine Stimme wird stumm; der Aufenthalt in Pamazit ist mir unerträglich. Ich bitte Dich, liebenswerter Vorsteher, schaffe Hilfe für meinen traurigen Zustand."

„Hat man ihm seinen Urlaub gewährt?"

Nephoris und Miri konnten nichts mehr erfahren, denn in diesem Augenblick erscheint eine Meute von Doggen in rasendem Lauf, mit rauem und wiederholtem Gebell auf dem Damm.

Die Töchter des Königs stürzen sich von Furcht erfasst in ein Seitengässchen. Dieses erscheint ihnen verlassen. Sie begeben sich in der Hoffnung hinein, dass sie dort weniger bemerkt werden, als in den Hauptstraßen.

Nachdem sie einige Schritte gemacht hatten, reden sie eine Frau an, welche beschäftigt ist, Gerstenkörner zwischen zwei platten Steinen zu zermalmen; die Hausfrau erhält auf diese Weise ein graues Mehl, aus dem sie ihr Brod bereitet.

Die jungen Mädchen fassen den Mut, sie nach der Richtung des Tores zu fragen, welches auf das Land hinausführt.

„Ihr braucht nur die Stadt," sagte man ihnen, „in der Richtung gegen Sonnenuntergang zu durchschreiten."

Die Flüchtlinge danken und setzen ihren Weg mit neuem Mut fort. Sie verfolgen die engen krummen, finsteren, endlosen Gässchen, welche rechts und links schiefstehende Terrassen überragen. Die Prinzessinnen müssen wiederholt bei den weiten Fenstern, welche von plaudernden Hausfrauen bevölkert sind, nach der Richtung des Weges fragen. Sie gelangen endlich vor das südliche Stadttor von Memphis. sie mischen sich unter eine Truppe vom Markt zurückkehrender Bäuerinnen, überschreiten so den Wall und entfernen sich, ohne die Aufmerksamkeit der am Eingang sitzenden Wachen zu erregen.

Jetzt sind sie auf dem geheiligten Weg, der zur Totenstätte der Hait-Sokari führt, dem Friedhof von Memphis. Der mit breiten Kalksteinen gepflasterte Weg dehnt sich zwischen zwei Reihen von Sphinxen in die Weite, bis zu den sandigen Abhängen der lybischen Gebirgsketten.

Die beiden Schwestern verfolgen eine Zeit lang den Weg. Sie begegnen da auf jedem Schritt trauernde Leute. Die einen tragen feierlich Kränze ans Weiden, Blumengewinde, Vasen mit wohlriechenden Substanzen, Kuchen oder Früchte: Sie kommen, um ihre Gaben in eine an die Gruft grenzende Kapelle niederzulegen, wo die Mumie einer Person ruht, die sie geliebt haben.

Andere kommen mit müdem Schritt ihre Toten zu ehren, oder in den Trauersanktuarien der Stiere Hapi ihre Verehrung darzubringen.

Unter so vielen Spaziergängern kann jemand leicht die Prinzessinnen erkennen; diese verlassen den Weg und begeben sich ins freie Feld, enge Straßen verfolgend.

Um sie herum breiten sich Korn- und Weizenfelder aus, die bereits gelb zu werden anfangen, dazwischen mischen sich grüne Vierecke, wo Bohnen und Bersim, eine Art Klee, gepflanzt ist.

An mehreren Stellen am Horizont sieht man blühende Bosquets, die gemalte Gebäude umgeben; aber von diesen sieht man nur die Terassen zwischen den hohen Zweigen der Bäume und hinter den gezackten Einfriedigungen, welche diese Landhäuser umgeben.

Nicht weit von diesen sieht man landwirtschaftliche Gebäude, Speicher in konischer Form mit abgerundeten Gipfeln und reihenweise aufgestellt.

Längs der Kanäle, in denen sich die Sonne widerspiegelt, zeichnen sich unabsehbar Akazien- oder Sykomorenwälder ab. Das blasse Laub der ersteren verschwindet fast in dem buschigen und dunklen Grün ihrer Nachbarn.

Hier und da bilden auf der weiten Ebene Palmenbäume spärliche Wäldchen und zeichnen auf dem Himmel ihre Kronen von hängenden Blättern ab.

Bei ihrem Gang durch die Felder bemerken Nephoris und Miri inmitten eines Feldes unter Bäumen einen langen Tisch, auf dem ein zusammengerollter Uräus gemeißelt ist.

Neben der Schlange sind Früchte und Kuchen aufgehäuft. Die Bauern aus der Umgebung erneuern jeden Morgen diese Opfergaben, um den Hunger dieses unsterblichen Reptils, einer Art von Feldgenius, zu stillen, welcher — der Sage nach — das Viertel besucht und beschützt.

Ohne Respekt für den Uräus und glücklich, sich stärken zu können, verursachen die Töchter Cheops eine große Lücke in dem geheiligten Proviant.

Dann setzen sie ihren Weg fort, um ein Obdach aufzufinden, wo sie sich ein wenig erholen könnten.

Sie lenken ihre Schritte gegen ein Dörfchen, das aus einer Anzahl niedriger, grauer Hütten bestand, die wie niedergekauert am Fuß einiger Sykomoren liegen.

Hier sitzen, vor ihrer schmutzigen Behausung, welche aus Kot und aus Zweigen erbaut ist, Bauern auf der Erde vor einem Tisch, der mit Mehlklößchen bedeckt ist, und halten zwischen den Beinen eine Gans oder eine Turteltaube.

Sie stecken die Mehlklößchen in den Hals der Vögel. Dann schütten sie mittels einer kleinen Tonvase ein wenig Wasser in den Schnabel der Vögel, um den letzteren das Verschlingen jedes Stückes zu erleichtern.

Nachdem sie einen Vogel gestopft haben, lassen sie ihn los, indem sie ihm zurufen: „Geh!" Dann bemächtigen sie sich eines anderen unter den Gänsen oder Turteltauben, welche mit den Flügeln schlagen, während diejenigen, welche man gefüttert hatte, schwerfällig das Weite suchen.

Abseits davon bemerken die Flüchtlinge ein elendes Gebäude, dessen Tür weit geöffnet ist. Die jungen Mädchen nähern sich neugierig, schauen hinein und bemerken niemanden. Dann entschließen sie sich, in die Hütte hineinzugehen, deren Dach aus Palmenblättern gebildet ist.

Bei ihrem Anblick entflieht eine große Natter und schlüpft in ein für sie bestimmtes Loch, welches sich in der Mauer befindet.

Nephoris und Miri suchen umsonst ein Hausgerät, oder irgendein Instrument was auf eine Behausung von

Menschen hindeutet; der gestampfte Lehmboden ist überall ganz kahl, bloß in einem Winkel ist ein Häufchen Stroh ausgestreut.

Auf dieses primitive Lager strecken die jungen, verwöhnten Mädchen mit großem Behagen ihren von Müdigkeit erschöpften Körper aus und verfallen sofort in einen tiefen Schlaf.

Die erste, die erwacht, ist Nephoris; sie öffnet in der Finsternis ihre schönen Augen: denn die Nacht hat sich bereits auf die Erde herabgesenkt. Ein namenloser Schreck presst ihr Herz zusammen. Aber sie fühlt Miri neben sich und umschlingt sie mit den Armen.

„Oh! meine Geliebte, was wird aus uns werden?" murmelte sie, das Gesichtchen ihrer schlafenden Schwester mit Küssen bedeckend.

Diese rüttelt sich nach und nach aus ihrer Ruhe auf und erwidert die Liebkosungen ihrer Gefährtin. Hier liegen sie nun eng umschlungen und zitternd vor Angst und Entsetzen. Sie fürchten sich vor den nächtlichen Vampiren, von deren Übeltaten man ihnen ehemals erzählte.

Ein geheimnisvolles Geräusch erfüllt nun die Hütte; und zeitweise ertönt in den Feldern das unheimliche nagende Geheul der Schakale.

„Es ist zu finster hier und ich fürchte mich." stammelte Miri mit leiser Stimme. „Wäre es nicht besser, nach Memphis zurückzukehren? Wir werden uns in den der Göttin Bast geweihten Tempel zurückziehen. Ich habe gehört, dass er die ganze Nacht geöffnet ist."

„Wie, kleine Miri, Du möchtest Dich nicht fürchten, in das Viertel von Anchta, diese Welt der Freuden, zu gehen, wo die Kurtisanen aus dem Volk die unkeusche Göttin mit dem Katzenkopf verehren?

„Wer möchte uns inmitten derselben suchen? Die Offiziere des Pharaos können nicht voraussetzen, dass wir auf diesen Gedanken kommen werden."

„Aber wir werden große Gefahr laufen!"

„Genießen die Priesterinnen der Göttin Bast nicht eine persönliche Freiheit? Sie zu beleidigen, ist das nicht, die Gottheit selbst zu beschimpfen?"

„Wer hat Dich so gut davon unterrichtet?"

„Meine lybische Amme. Sie war fünf Jahre im Viertel von Anchta."

„Wenn dem so ist, brechen wir auf. Möge doch Isis, die Beschützerin der geheiligten Kurtisanen ihren verhüllenden Schleier über uns ausbreiten!"

Der Mond glänzt wie ein Spiegel aus geschliffenem Silber auf einem azurfarbenen Himmel, er verbreitet über die ganze Natur die Falten seines Silbergewandes. Nephoris und Miri huldigen der bleichen Göttin, deren klares Licht ihnen gestattet, sich im Osten auf dem Azur abgrenzenden Wälle von Memphis zu sehen. Sie richten daher auch sogleich ihren raschen Lauf in der Richtung zur Stadt zurück.

Jetzt hören sie das Geheul der Schakale bereits nur aus der Ferne; es verliert sich in dem immer lauter werdenden Gesang der Vögel, welcher aus den blühenden und duftenden Gebüschen ertönt.

Bald erhebt sich vor ihnen das südliche Stadttor.

Hier umringen nubische Wachen, auf der Erde sitzend, ein Feuer aus Akazienholz. Zwei Männer erheben sich und kommen den Jungfrauen entgegen; sie fragen, was sie zu so später Stunde außer der Stadt zu tun haben.

„Wir sind Dienerinnen der Göttin Bast," antwortet Nephoris, „und sind des Abends ausgegangen, um unsere Opfer auf dem „Feld der Wahrheit" niederzulegen, wir verweilten bei dem Grab einer Freundin und verspäteten uns am Abend in den Baumgängen der Totenstätte. Ermüdet schliefen wir im Schatten einer Begräbnisstätte ein und als mir wieder erwachten, war die Nacht bereits gekommen."

„Um Eure Aussage zu prüfen, wollen wir Euch begleiten." sagte einer der Söldner misstrauisch.

Die Prinzessinnen haben ein Bedenken. Aber wie sollen sie allein den Tempel der Göttin Bast finden, woselbst hinzugehen sie behaupten? Ist es nicht besser, den Antrag der Söldner anzunehmen? Könnten sie überhaupt, ohne Verdacht zu erwecken, den Antrag der Söldner ablehnen?

Ein jeder von ihren Begleitern zündet eine Harzfackel an; und die jungen Mädchen schreiten zwischen ihnen vorwärts.

Die Gruppe setzt ihren Weg zunächst durch stille und finstere Gassen fort, dann gelangen sie plötzlich auf eine breitere Gasse, die voll von lebhaftem Treiben, Gesängen und Jubel ist.

Vor den Türen der niedrigen Häuser, an den mit grellen Farben bemalten Fassaden, flackern in Lampen von glänzendem Kupfer oder rotem Ton tausende von kleinen länglichen Flammen und längs der Mauern bieten unter ungeheuren phallischen Götzenbildern verschiedene Weiber, die mit leichtem durchsichtigen Gaze bekleidet sind, auf Matten liegend oder sitzend, ihre Körper den Blicken der Vorübergehenden dar.

Im Halbdunkel erglänzen in ihren Haaren goldene Reifen, auf ihren Körpern Halsbänder und Gürtel.

Die Einen spielen künstliche Flöten auf Gerstenstroh; die anderen die doppelten Schilfrohrflöten; diese schlagen mit Klappern, wobei sie den Kopf im entsprechenden Rhythmus bewegen. Jene begleiten ihre Lieder mit lustigem Händeklatschen.

Einige von ihnen unterhalten sich gleich Sphinxen kauernd mit Knöchel- oder Würfelspiel. Die jüngsten halten hölzerne Spielzeuge, die ein Krokodil darstellen, welches das Maul öffnet oder schließt, wenn man an einen Faden zieht; und diese der Göttin Bast geweihten Kinder erschrecken unter lautem Gelächter ihre Gefährtinnen, oder Männer, welche sich ihnen nähern.

Inmitten dieser Frauen bewegen sich zahlreiche Spaziergänger. Die meisten bieten den letzteren zum Tausch für ihre Gunstbezeugungen Halsbänder aus Emaille oder Kaurimuscheln an. Praktischere Leute geben ihnen Gerstenbier, Weine, oder einen Liqueur aus Datteln zu trinken, welchen sie in Schläuchen aus Widderfell gebracht haben, zu gleicher Zeit traktieren sie ihre Gelegenheits-Freundinnen mit Kuchen, die aus Mazienblüten gebacken sind.

Mehrere Straßen, die von dieser Menschenklasse bewohnt sind, bilden das ‚Land der Vergnügen' das Viertel von Anchta, in dessen Mitte in einem Gehölz von Perseas- und Lorbeerbäumen sich ein kolossaler Pavillon befindet, wo man Tag und Nacht die Göttin Bast anbetet, welche die sinnliche Liebe schützt.

An diesen Ort geleiten die beiden nubischen Söldner die Töchter Cheops, welche klug genug sind, um sich führen zu lassen, ohne dass es die Söldner bemerken.

Nachdem sie das dichte Gehölz des geheiligten Gartens durchschritten hatten, in welchem bei einer heißen und mit Wohlgerüchen erfüllten Atmosphäre auf einem blütenreichen Rasen fest umschlungene Liebespaare seufzen, erreichen die Prinzessinnen und ihre Begleiter die Pforte des Tempels.

Hier drängt sich eine Menge Männer und Kurtisanen, welche ein- und ausgehen.

Die Söldner gehen den Töchtern des Pharaos voran, um ihren Durchgang zu erleichtern. Diese benutzen die Gelegenheit, um stehen zu bleiben; ein Menschenstrom teilt sie von den Söldnern.

Eine alte Frau hat diesen Kunstgriff bemerkt. Sie nähert sich Nephoris und Miri.

„Meine Turteltauben," sagt sie ihnen, „diese beiden Nubier, welche Euch hierhergeleitet haben, scheinen Euch nicht zu gefallen. Wollt Ihr sie verlassen und mit mir kommen? Ich besitze in einer Nebengasse ein angenehmes Haus, wo Ihr in Sicherheit sein werdet."

„Ja, ja! Mütterchen." erwidert Nephoris. „Diese Soldaten flößen uns Abscheu ein. Führe uns schnell hinweg."

Die alte Frau nimmt sie bei der Hand und zieht sie in ein Gässchen des Viertels. Sie stößt sie in das Innere eines schmutzigen Häuschens, wo sieben junge Leute, auf der gestampften Erde sitzend, ihre Mahlzeit bei dem zitternden Licht einer tönernen Lampe einnehmen. Sie essen getrocknete Fische und Wurzeln von der Cyperuspflanze.

Als sie die jungen Mädchen erblicken, erheben sie sich und stoßen Rufe der Bewunderung aus.

Aber die Herrin der Behausung weist die Kühnen zurück.

„Ihr seid noch nicht reich genug, um diese Tauben zu kaufen." sagte sie zu ihnen. „Lasst uns vorübergehen und verhaltet Euch ruhig, sonst rufe ich die Söldner des Pharaonen."

Diese Drohung stellt die Stille wieder her, und die Vermieterin kann die beiden erschreckten Kinder in ein kleines Zimmer, in den entlegensten Teil ihrer Behausung führen. Hier bemüht sie sich, dieselben zu beruhigen.

„Fürchtet Euch nicht vor diesen Männern." sagt sie ihnen. „Das sind brave Fischer. Sie bringen mir Fische — zum Lohn für die Gastfreundschaft, die sie öfters bei mir genießen — wenn sie ihre Alsen auf dem großen Markt von Memphis verkaufen kommen.

Aber es sind arme Leute, und Eure Schmucksachen könnten sie in Versuchung führen ... Vertraut sie mir an." fügte sie mit einem schlauen Lächeln hinzu, indem sie Miri ihr Smaragdarmband und das Halsband von grüner Emaille, sowie das Brustgeschmeide der Nephoris, welches aus blauen Perlen bestand, abnahm.

„Diesen Abend scheint Ihr mir schon zu ermüdet zu sein, um mir die Geschichte Eurer Flucht aus dem väterlichen Haus zu erzählen. Hier sind Datteln, Weizenbrote und ein Krug Bier. Stärkt Euch und schlaft, wenn Ihr könnt. Was mich betrifft, so will ich Eure ungestümen Nachbarn überwachen."

Die jungen Mädchen, welche über ihr Schicksal, das ihnen so fürchterlich erscheint, in großer Angst sind und die in ihrer Herzensangst keinen anderen Trost als ihre beiderseitige Freundschaft haben, umarmen sich fest und setzen sich aus eine Matte in einem versteckten Winkel ihrer Zufluchtsstätte nieder. Eine geöffneter Türspalt gestattet ihnen, das Gespräch der Fischer zu hören.

„Also, alte Nitokris." sagte einer von ihnen. „Du weigerst Dich, unser Vorhaben zu unterstützen. Anstatt dass Du uns erfahrene Kurtisanen zuführst, deren wir benötigen, um die Wachsamkeit der königlichen Söldner zu täuschen, ziehst Du es vor, Jungfrauen zu verderben, oder sie selbst zu bestehlen."

„Euer Vorhaben ist unausführbar." erwidert das Weib mit scharfer Stimme. „Man muss verrückt sein, um zu behaupten, einen Mann retten zu können, den der Pharao zum Tod verurteilt hat. Denkt Ihr etwa, dass Seine Majestät nicht um die Sphinx genügende Wachen aufstellen ließ, um sich dessen zu versichern, dass man seinen Willen vollzieht?

„Die nubischen Söldner sind treu und nichts, selbst die schönsten Frauen von Anchta könnten sie die Befehle, welche man ihnen gegeben, vergessen machen.

„Unglücklicher Hermias! Ich bedauere ihn vom ganzen Herzen, aber ich weiß kein Mittel, um ihn zu retten."

Nephoris, welche aufmerksam zuhört, hat kein Wort dieses Gespräches verloren. Sie erfährt auf diese Weise, dass es ihrem Retter nicht gelungen war, zu entfliehen.

Und vielleicht stirbt er zu dieser Stunde, sie verfluchend. Plötzlich erscheint sie der Frau und den überraschten Fischern.

Ihre Augen blitzen ... ihre Lippen zittern ... sie erhebt das Haupt mit wilder Entschlossenheit.

„Hermias!" ruft sie aus. „Hermias! Ich will ihn sehen! Ich will zu ihm gehen! Aber wer seid Ihr denn, die Ihr nicht fürchtet, Euch für diesen Unglücklichen zu interessieren?"

„Seine Brüder!" rufen die sieben jungen Leute.

„Seine Brüder!" wiederholt Nephoris. „Ah! unerwartetes Glück! Ich werde also in Euch sieben Freunde haben ... ?"

„Und wir werden ihn retten, diesen mutigen Hermias, dessen Gattin im Leben oder im Tod zu sein, ich schwöre."

Dann verbeugen sich die sieben Männer sehr tief vor den Prinzessinnen, welche sie als die Töchter Cheops erkennen. Sie erheben sich und rufen aus, indem sie ihre steinernen Dolche schwingen: „Nephoris, befehle! Wir wollen Dir folgen!"

III. Der Preis eines Lebens

Dem Haus des Nils folgen in langer Reihe sieben Kähne, welche lautlos über das plätschernde Wasser dahingleiten. Jeder derselben trägt einen Mann, der über sein Ruder gebeugt ist, zwei tragen außerdem je eine Frau, die sich an die gebrechliche Planke klammert. Das sind die Töchter Cheops, welche von den Brüdern Hermias zu der Sphinx geschifft werden.

Die alte Nitokris wollte verhindern, dass man die beiden Prinzessinnen fortführt. Die Fischer hatten die Alte geknebelt und gefesselt in das Innere ihrer Behausung geworfen, denn sie hätte die königliche Wache rufen können.

Dann hatten die Fischer, die jungen Prinzessinnen geleitend, den Damm erreicht, wo ihre Kähne befestigt waren. Keine der Barken konnte drei Personen tragen; die Schwestern mussten sich trennen; aber sie verloren einander nicht aus Sicht und teilten sich durch Blicke, oft mit zärtlichen Gesten, ihre Gedanken mit.

Unter dem Schutz der Nacht schlüpften die Fischer zwischen den größeren Schiffen hindurch, welche in mehreren Reihen nebeneinander am Ufer des Nils befestigt waren, dann einmal in der Mitte des Flusses angelangt, vertrauten sie sich der Strömung an. Die Ufer verschwanden schnell und die Wälle von Memphis senkten sich zusehends. Jetzt flogen die Kähne im schnellen und regel-mäßigen Lauf, von dem mächtigen Gewässer erfasst, stromabwärts, zwischen den finstern, senkrecht geschnittenen Ufern dahin.

In dem Tal herrschte tiefe Stille, welche nur durch das Geschrei einiger Vögel unterbrochen wurde.

Aber die Nacht nahte ihrem Ende. Bald verbreitete die Morgendämmerung auf der Ebene ein bleiches Licht. Bei der wachsenden Helligkeit sahen Nephoris und Miri längs der Ufer, wie Pelikane, Ibisse und rote Flamingos sich inmitten des Schilfes herumtummelten.

Dann jenseits der Palmenwälder, welche sich wie Säulen erhoben, zwischen den Weidenplätzen und der Schlucht von Tronion weiden hier und dort Herden unter Aufsicht von Schäfern, Antilopen, deren Hörner die Form einer Lyra bilden, Gazellen und Strauße, die in der Wüste gefangen und gezähmt worden sind.

Weiter, bis an die lybische Gebirgskette einerseits und dem roten Berg anderseits, breitet sich eine weite Ebene aus, wo sich Dörfer mit niedrigen Hütten fast unsichtbar im Schatten dichter Sykomoren befinden.

Jenseits dieser grünen Ebene, gegen Osten, zeichnet sich der Kopf der großen Sphinx rötlich vom dunklen, azurfarbigen Himmel ab; er wuchs schnell vor den bewundernden Augen der jungen Mädchen und der Fischer. Die Einen und die Anderen sehen auch rechts von dem Koloss die ungeheuren Stufenlager der Pyramide Khouit, welche ihrem Namen nach den Horizont bedeutet, wo Cheops eines Tages verschwinden wird, nach dem Beispiel der Sonne, für deren Sohn er sich hält und die jeden Abend in den Grenzen des Westens untergeht.

Die ersten Anfänge des Monuments verschwanden fast unter den Menschenschwärmen und tausende von Arbeitern bewegten sich auf den Abhängen der lybischen Gebirgskette, an den Seiten der Hügel und längs der gepflasterten Straße des Nils.

Darunter sah man zahlreiche, in langen Reihen eingespannte Ochsen, welche auf Schlitten ungeheure Steinblöcke zogen.

Das Gesamtbild glich einem ungeheuren Ameisenhaufen.

Um drei Uhr morgens lenkten die Brüder Hermias ihre Kähne an das linke Ufer des Flusses in ein sehr hohes Dickicht von Papyrusstauden. Weiter vorzudringen wäre gefährlich gewesen; denn man wäre zwischen die Fahrzeuge geraten, die Kalkstein und Granit trugen. Man könnte in diesem Versteck den geeigneten Augenblick zu dem Unternehmen, das man vorhatte, abwarten.

Dann hielt man darüber Rat, wie man vorgehen sollte. Jedermann stimmte darin überein, dass man bis zur Nacht hier bleiben sollte.

Als sich der Abend über die Ebene herabgesenkt hatte, wo der Lärm der menschlichen Tätigkeit verstummte, begaben sich die Brüder Hermias und die Töchter des Pharaos ans Land.

Zuerst durchschritten sie Wälder von Akazien und Tamarisken, deren schlanke Zweige von zwitschernden Vögeln fast schwarz waren. Dann folgten lichte Wälder von Dattelpalmen. Beim Mondschein warfen die runden und schlanken Zweige, welche mit beweglichen Blättern gekrönt waren, ihre leichten Schatten auf die Weizen- und Kornfelder.

Manchmal verschwanden diese zur Hälfte unter sandigen Flächen, die der Wirbelwind der Wüste hingetragen hatte.

Vor den Augen der jungen Mädchen nahm das imposante Angesicht der Sphinx Harmakhis mehr und mehr fantastische Proportionen an.

Jetzt zeichnet sich der Kopf des Kolosses riesig aus dem stahlblauen Himmel ab und man hört aus der Weite herzzerreißende Klagen und verzweifeltes Gebrüll.

Bald jammert Hermias, bald stößt er verzweifelte Rufe gleich einem verwundeten Löwen aus.

Nephoris zittert am ganzen Körper; sie will vorwärts stürzen. Ihre Begleiter halten sie zurück. Einer von ihnen entfernt sich, um die Stellungen der königlichen Garden auszukundschaften.

Nach einer langen, für seine Gefährten grausamen Erwartung kommt er niedergeschlagen zurück und erklärt, dass ein Angriff in diesem Augenblick unmöglich ist. Ganz in der Nähe von Hermias wacht eine Schildwache; diese würde bei dem geringsten Geräusch seine Kameraden, mehrere hundert von nubischen Soldaten, alarmieren, welche vor dem Tempel des Osiris auf die Tragweite eines Wurfspeeres gelagert sind.

„Wir würden alle zu Grunde gehen," erklärt er, „ohne Aussicht unseren Bruder zu retten. Suchen wir einen Ausweg, oder irgendeine List; aber warten wir auf alle Fälle eine günstige Stunde ab!"

„Ich werde allein gehen." sagt Nephoris, welche sich aus der Mitte der Fischer erhebt.

„Dort, wo ihr scheitern würdet, hoffe ich sicher zu siegen."

„Wie ist denn Dein Plan?" fragten die jungen Leute.

„Ihr werdet ihn später erfahren. Für den Augenblick lasst mich weggehen. Was Euch betrifft, so bleibt hier unter dem schützenden Schatten dieser Sykomore; ich werde Euch hier wieder aufsuchen."

„Du gehst in den Tod!" entgegneten die Fischer.

„Eh! was liegt mir an einem Leben ohne Liebe!" antwortet Nephoris. „Übrigens fürchte ich den Tod nicht. Er schreckt mich ebenso wenig wie die Empfindung, den Duft einer unbekannten Blume einzuatmen. Ich wäre selbst glücklich, zu sterben, wenn ich ihn an den Ufern des ewigen Flusses wiederfinden würde."

„Ich will Dich begleiten." bittet Miri.

„Kleine Schwester, Du würdest der Ausführung meines Plans im Weg stehen. Bleibe hier mit unseren Freunden. Sie werden Dich beschützen. Auf Wiedersehen." fügte sie hinzu. „Ich verbiete Euch, mir zu folgen. Auf baldiges Wiedersehen!"

Und Nephoris entfernt sich mit raschem Schritt, wie ein Schatten, der über den Boden dahinhuscht.

Sie erreicht bald die Basis des Hügels, welche die Sphinx beherrscht. Ihr mächtiges und klares Haupt, das von der breiten Kopfbedeckung eingerahmt ist, scheint das junge Mädchen zu einer heroischen Tat einzuladen. Dieses glaubt in der mondhellen Nacht die nachdenklichen Augen der gigantischen Göttin mit einem Ausdruck des Wohlwollens auf sich gerichtet zu sehen, und es schien ihr, als ob der Mund derselben über ihre verliebte Kühnheit lächelte.

Man hört nicht mehr die Schreie Hermias. Von nicht weit entfernt aus südlicher Richtung, erhebt sich hoher Flammenschein, welche von dem von nubischen Soldaten angezündeten Feuer stammen.

Nephoris erstieg gegen Norden den Abhang, der an den Gipfel des Hügels grenzt; sie findet den Weg, auf den man vom Nil her die Steinblöcke zuführt, welche zum Bau der Pyramide bestimmt sind; sie verfolgt diesen Weg und gelangt auf die Anhöhe, bis neben die Sphinx.

Der Koloss, erhebt seinen gewaltigen Kopf auf den östlichen Abhang einer einsamen Hochebene und einzeln abgesondert erhellen weiße Gräber in Form von verstümmelten Pyramiden an einigen Stellen die weite gelbliche Fläche.

Neben einem dieser Grabdenkmäler ertönt in der melancholischen Stille die ernste Hymne eines Harfenspielers, deren harmonische Klänge in der Nacht verhallen.

Nephoris kriecht auf dem Boden und nähert sich der Sphinx. Sie verbirgt sich in dem Schatten, der sich rechts von den Riesen im Mondschein verlängert. Dieser gestattet ihr bald das schmerzliche und bleiche Gesicht Hermias zu sehen.

Er ist an den verrenkten Handgelenken an dem Felsen aufgehängt, die Knie auf der Erde schleppend, und den

Körper ohne jede Stütze freihängend, scheint der Unglückliche kaum die Kraft zu haben, einige Seufzer auszustoßen.

Es ist höchste Zeit für Nephoris, jenen zu retten, der für sie stirbt. Ein unwiderstehlicher Drang von Energie erfüllt ihr Herz.

Sie richtet sich auf und schreitet gerade auf die unbewegliche Schildwache zu.

„Wer ist da?" ruft die Letztere, den Bogen spannend.

„Halt ein, Söldner." antwortet Nephoris. „Ich bin eine Dienerin der Göttin Bast; und ich suche meinen Geliebten, einen tapferen Krieger, der Dir selbst ähnlich ist. Er ist vorgestern von Memphis abmarschiert, um einen zum Tode verurteilten zu eskortieren."

„Der Kamerad, von dem Du sprichst, ist ohne Zweifel unter den Mauern des Tempels des Osiris gelagert. Um ihn zu finden, brauchst Du nur in der Richtung gegen die Gluthaufen, welche im Schatten leuchten, zu gehen...

Aber geh noch nicht hinweg, reizendes Mädchen, voll Anmut, entfliehe nicht so schnell." fügte der Söldner hinzu, dessen Auge vor Wollust glühte, indem er den anmutigen Körper der Nephoris betrachtete, der sich durch die leichte Tunika formte. „Kleine Taube, höre mich an. Möchtest Du nicht mit einem Kuss die Auskunft belohnen, welche ich Dir gegeben habe? Also habe keine Furcht. Komm doch näher! Der Verurteilte wird uns nicht stören, denn ich glaube, er ist schon halb tot."

Nephoris überwindet ihren Ekel, sie bietet ihre roten Lippen dem unreinen Mund des Nubiers an.

Beim Schall des Kusses erwacht Hermias aus seiner Lethargie.

Er öffnet mühevoll seine schlaftrunkenen Augenlider; plötzlich zittert er und stößt einen Schrei des Erstaunens aus.

„Schweig!" heulte der Soldat; und der Gefühllose schlägt mit einen, langen Akazienzweig, der voll Dornen starrt, den schon blutigen Körper des unglücklichen Fischers.

Dieser hat die Tochter Cheops erkannt. Er hatte seine Seelenangst nicht verbergen können. Aber Nephoris heftet ihren Blick auf ihn. Die glühenden Augen des jungen Mädchens geben ihm zugleich ihren Schmerz und ihre Hoffnung kund. Die Prinzessin kommt ihn zu befreien auf die Gefahr hin, von den Söldnern misshandelt zu werden.

Hermias begreift dieses Opfer. Er schweigt, aber er knirscht mit den Zähnen; er stemmt sich gegen die rötliche Mauer, und seine enggefesselten Arme gleichen dem Rücken einer Schlange, die man entzweigehauen hat.

Vor den Augen Hermias, dessen Herz grausame Qualen leidet, betastet der Nubier mit seinen groben Händen die kleinen Brüste der Nephoris. Dann zieht er in einem Anfall von sinnlicher Leidenschaft einen Dolch ans Stein aus seinem Gürtel und zerschneidet mit einem einzigen Schnitt das Kleid des jungen Mädchens.

Diese gleicht in den silbernen Strahlen des Mondes einer Marmorstatue. Der Söldner erfasst Nephoris um den Leib, die sich gegen seine Umarmung sträubt; er legt sie auf den Sand, indem er einen wilden Freudenschrei ausstößt, und stürzt sich auf sie. Hermias heult vor Wut.

Zwischen dem Söldner und der Tochter Cheops entspinnt sich ein Ringkampf. Einen Augenblick scheint dieselbe zu unterliegen. Dann, während der Mann sich völlig seinem Vergnügen hingibt, streckt Nephoris den Arm aus und bemächtigt sich des Dolches, den die Wache fallen gelassen hätte, dann zerschneidet sie ihm mit einer raschen Bewegung, an der sie ihre ganze Kraft vereinigt, die Halsader.

Ein Strahl warmen Blutes spritzt auf die Brust des jungen Mädchens und überströmt sie in einem Augenblick vollständig.

Unter diesem Blutregen mit schalem Geruch springt sie auf, stößt den zuckenden Körper des Soldaten bei Seite und erhebt sich, die gerötete, bluttriefende Waffe in der Hand.

Unter dem Haupt der Sphinx mit dem geheimnisvollen Lächeln, an der Seite Hermias steht sie aufrecht, fürchterlich wie in einen Purpurmantel gehüllt.

Sie durchschneidet ruhig die Fessel Hermias. Derselbe hat sich von seinem Erstaunen erholt; er begreift, wie unendlich viel Liebe in der Entweihung ihrer Person liegt, der sich Nephoris unterziehen wollte, und in dem grässlichen Mord, den sie soeben begangen, um ihn zu retten. Er fühlt seine Kräfte neu erwachen, und hebt in dem begeisterten Dankgefühl seine Geliebte mit seinen zermarterten Armen wie ein Kind empor; dann flieht er mitten durch die Sandfläche wie ein wildes Tier, welches seine Beute davonträgt.

Wahrscheinlich hatte der Söldner, als er die kalte Spitze des Dolches auf seiner Haut fühlte, einen Schrei der höchsten Todesangst ausgestoßen.

Die Nubier, welche unweit der Sphinx lagerten, haben diesen Ruf der Verzweiflung gehört: sie eilen herbei und finden ihren Kameraden mit durchschnittener Kehle aus; sie zerstreuen sich sogleich in mehrere Richtungen, um Hermias einzufangen.

Eine Gruppe dieser Wache ist bald auf der Spur des Flüchtlings. Sie sehen eine nackte Frau an der Seite des Fischers laufen. Die Tochter Cheops zieht den letzteren gegen die Ebene. Aber der erschöpfte junge Mann verlangsamt seinen Lauf.

Infolge dessen gewinnen die Söldner einen Vorsprung.

„Ich bin erschöpft." ruft der Freund der Nephoris keuchend.

„Verlasse mich. Es ist zu viel. Die Götter zürnen uns. Überlasse Hermias seinem unglücklichen Geschick."

„Ich werde Dich selbst gegen Deinen Willen retten." erwidert die Prinzessin. „Siehst Du dort unten diese große Sykomore, unter ihrem Schatten erwarten uns Deine Brüder und Miri. Schöpfe neuen Mut und laufe in dieser Richtung. Ich werde hier die Wache des Pharaos erwarten. Während sie sich mit meiner Person beschäftigen, wirst Du Zeit gewinnen, um zu entfliehen.

„Ich brauche mich nur zu erkennen geben, mein Leben ist ihnen geheiligt; aber Dich würden sie töten ..."

Hermias will seine Geliebte nicht verlassen, er zieht vor, zu ihren Füßen zu sterben. Das junge Mädchen verdoppelt ihre innigen Bitten. Die Söldner nähern sich ... Nephoris befiehlt dem Fischer, sich zu entfernen.

„Bleibe frei." ruft sie ihm zu, „auf diese Weise können wir uns wiedersehen."

Dann nähert sie sich den Nubiern; sie nennt sich ihnen: sie erkennen sie und werfen sich vor ihr der Sitte gemäß nieder. Die Prinzessin befiehlt ihnen, sie zum Tempel der

Osiris zu begleiten, woselbst die Prophetinnen sie pflegen und ihr die nötige Kleidung geben sollten.

Die Garden zögerten einen Augenblick. Ein Anführer, der in dem Augenblick dazu kommt, nimmt einen Teil seiner Leute und setzt die Verfolgung Hermias fort. Aber dieser hat schon einen zu großen Vorsprung gewonnen; die Wachen können ihn nicht mehr erreichen.

Als diese abgemattet zurückkehren, ruft Nephoris mit triumphierender Stimme: „Hermias ist gerettet. Das Herz jubelt in meiner Brust. Jetzt soll mein Vater aus mir machen, was er will."

Fünftes Kapitel

Das Geheimnis der Sphinx

I. Der Pavillon des Vergnügens

Seit der Nacht, in der sich Nephoris geopfert hat, um Hermias dem Tod zu entreißen, sind drei Monate vergangen.

Rings um die Sphinx zeichnet sich auf einer schwarzen, aus der Ebene gebrachten Erde der bleiche Schatten eines geheiligten Wäldchens.

Da zwischen dem grünen Laub der Nabukas, der Perseas, der duftenden Behenußbäume — breitete der Rodiserbaum mit weißen Nadeln seine blühenden Zweige aus, deren Blüten Rosen gleichen und stark dufteten. Weiter davon sind es Mimosen, deren gelbe Blüten sich leicht und samtartig auf dem Blau des Himmels abspiegeln. Da und dort laufen, hüpfen oder klettern hübsche grüne Assen, die von Ponanit gebracht sind; und manchmal teilt sich das Gras und eine Natter bahnt sich ihren Weg.

Zwischen den Bäumen vor der Front des majestätischen Kolosses, einige Schritte von dem Ort, wo Hermias gefesselt war, erhebt sich ein Tempel aus rosa Granit, welcher der Göttin Isis geweiht ist.

Es ist ein recht winkeliges Bauwerk, dessen Gipfel mit einem hervorragenden Karnies gekrönt ist. Drei schmale Pforten, düster unter ihrem Ornament aus Bronze, öffnen sich in der Front in der weißen Alabasterverkleidung.

Derselbe ist von langen, vertikalen Caneluren gefurcht, an deren Ende sich Lotosblumen entfalten.

Unweit vom Sanktuarium, in einem Pavillon mit vergoldeten Säulchen, zwischen Blumengirlanden, steht Nephoris, über eine große Harfe von Ebenholz gebeugt, welche mit Perlmutt und Elfenbein ausgelegt ist.

Ihre spindelförmigen Finger schlagen sehr schnell die Saiten von klingendem Erz; und unter dem leichten Gazestoff, welcher ihren schlanken Körper umhüllt, schimmern die runden und festen Formen hindurch.

Die Tochter Cheops beschwichtigt ihren Schmerz mit dem sanften Gemurmel der klagenden Töne, welche um sie herum wie ein Bienenschwarm summen zu scheinen.

Sie denkt an den schrecklichen Zorn ihres Vaters, als sie in das Schloss von Memphis zurückgekehrt war und als sie ihren Abscheu für Mazait erklärte, dessen Gattin zu sein sie hartnäckig verweigerte, indem sie ihm ihre Liebe zu Hermias ins Gesicht rief. Auch reiste der Prinz trotz den Bitten und Entschuldigungen des Pharaos wütend nach Nubien ab, und drohte mit zahlreichen Truppen wiederzukommen, um sich an Cheops, an Memphis und am ganzen Ägypten für die tödliche Beleidigung, welche ihm Nephoris angetan hatte, zu rächen.

Wäre der Oberhaupt eines halbwilden Volksstammes wirklich genug tollkühn, um den mächtigen Pharao anzugreifen?

Cheops glaubte das nicht. Aber er sah alle seine Hoffnungen zu Nichte werden, welche er auf die nubischen Goldminen gehegt hatte, um den Bau seiner Pyramide zu beenden; und diese Enttäuschung versetzte ihn in die tiefste Trauer.

Sein Zorn gegen Nephoris war ohne Grenzen. Er beschloss, seine Tochter zu bestrafen, indem er sie in der Liebe quälte, die ihre Wurzeln tief in ihr Herz geschlagen hatte; er befahl, dass sie eine Priesterin und Kurtisane der Isis sein müsse. Sie sollte ihre Gunst jedem Manne gewähren, der genug reich ist, um einen Goldklumpen in der Größe eines Ibis in den königlichen Schatz einzuzahlen. Und um die Strafe noch grausamer zu gestalten, sollte sie ihren Körper an dem Ort hingeben, wo ihr Geliebter hätte sterben sollen.

So bald als es nur möglich war, befal der König, Schlamm herbeizuschaffen und Haine um die Sphinx zu pflanzen, welche aus den kostbarsten Baumsorten bestanden; während der Zeit baute man den kleinen Tempel und den Pavillon, wo die Tochter Cheops unter dem göttlichen Schutz wohnen und die Gunstbezeugungen ihrer Bewunderer empfangen sollte.

Kaum vor einigen Stunden hatte man sie hierher vor den Koloss gebracht, welcher Zeuge ihres Mutes war, und der nun leider ohne Zweifel bald den Untergang ihrer Ehre ansehen sollte. Denn sie sah keine Möglichkeit zu entfliehen. Zahlreiche Wachen waren stufenweise auf dem Plateau der Sphinx aufgestellt, im Norden, gegen Sonnenuntergang, gegen Süden, welche den Befehl erhalten hatten, jeden Mann frei eintreten zu lassen, der den Wunsch hat, sie zu kennen, aber sie mussten darauf achten, damit die Prinzessin sich nicht über die ihr vorgeschriebenen Grenzen entfernt. Gegen Osten umspülte ein zu diesem Zweck absichtlich und mit großen Unkosten gegrabener Kanal das Wäldchen an der Seite des Tales; und allein hätte Nephoris nicht über den Kanal hinüber gelangen können.

Sie setzte ihre Hoffnung auf die Hilfe Hermias und seiner Brüder. Aber was war seit drei Monaten aus ihnen geworden?

Ihre Schwester Miri hatte nicht die Kraft gehabt, den Fischern zu folgen, als die letzteren von den Soldaten des Pharaonen verfolgt, durch die Ebene flohen, um den Nil zu erreichen. Man hatte sie also mit Nephoris in das Schloss zurückgebracht; und Cheops, der Miri für ihre Flucht bestrafen wollte, hielt sie in dem abgelegendsten Pavillon des Harems eingesperrt. Die Trennung bereitete den beiden Schwestern einen sehr lebhaften Schmerz.

Die Abwesenheit ihrer treuen Gefährtin lastete in dieser peinlichen Stunde noch viel grausamer auf der Seele Nephoris, wo es die Tochter Cheops unter dem Schutz des Pavillons versuchte, die Trostlosigkeit ihres Herzens mit den sanften, zitternden Klängen der Harfe zu beruhigen.

Dann taucht die Erinnerung an Hermias vor ihr auf und erfüllte sie mit einem brennenden und zugleich köstlichen Gefühl; sie vermag es nicht, den Ausdruck ihrer Liebe zurückzuhalten, sie erhebt ihre Stimme, in der dufterfüllten Luft und fingt mit klarer Stimme:

„Scharen anmutiger Vögel erfüllen die geheiligten Wälder; und nahe vor mir ziehen Wildgänse über den Nilstrom. Vor meinen wehmütigen Blicken entrollt die Ebene bis zum Fluss die goldenen Wogen der reichen Ernte. Wie glücklich war ich ehemals, so zu leben, im vollen Licht, im Angesicht des unermesslichen Horizonts.

Aber heute, was kümmern sie mich, die einfachen Freuden der Natur, zu denen ich mich hinneigte, um begierig in vollen Zügen von ihnen zu trinken, wie von dem klaren und reinen Wasser einer Quelle.

Meine Seele hat sich verschlossen, wie die Lotosblume in dem glühenden Hauch des Südwindes.

Mein Herz hat sich verschlossen, es lebt nur mehr in den Gedanken an eine ewige Neigung. O! mein Freund! mein

Hermias, ich sehe immer das Bild Deiner Schönheit vor Augen.

Die Honigkuchen sind meinem Mund nun eben so bitter wie die Galle und die lieblichsten Düfte erquicken mich nicht mehr; ich gleiche jener Jungfrau, die für immer in der Totenkammer schläft. Allein der Kuss eines Gottes kann sie erwecken. Ebenso vermag der Hauch Deiner Lippen meinem Herzen das Leben wiederzugeben, das Blut der Kraft und des Lebens von Neuem in meinen Adern fließen lassen.

Die Turteltaube girrt im Morgenrot, indem sie den Gefährten ruft, den sie liebt; also rufe ich auch Dich, Du mein Angebeteter; komm meine eingeschläferten Sinne zu erfreuen. Wir werden zusammen umschlungen unter den Blumen der Wiesen, unter den Palmen und Sykomoren wandeln. Du wirst meine Schritte lenken und ich werde Dir überall hin folgen, selig mich in Deiner Nähe zu fühlen.

Aber es ist vergebens, dass meine Augen die weißliche Straße in die Ferne verfolgen; vergebend lausche ich dem verworrenen Rauschen der Wälder und Winde."

Der Gesang der Nephoris erstirbt in einem Schluchzen. In diesem Augenblick ertönt von dem Wasser, welches sich an der Grenze der Bäume spiegelt und hinter einem dichten Vorhang von Weiden und Tamarisken eine Stimme, welche diese Liebeshymne beginnt:

„Ich kenne einen Feigenbaum, dessen Holz die Farbe von grünem Jaspis hat. Sein Schatten ist kühlend, besonders wenn seine Zweige im Winde rauschen, er trägt unter seinen bunten, achatfärbigen Blättern bald anmutigere und blütenreichere Büschel als die Eberesche, bald rötere Beeren als Karneol; und seine Früchte sind süßer als Honigliqueur.

Ich werde in seinen Schatten gehen in Gesellschaft meiner Geliebten. Dann werde ich ihr blaue Lotusblumen, wohlschmeckende Feigen, saftige Datteln, Butter und Milch anbieten.

Dann, wenn die göttlichen Lampen am stahlblauen Himmel leuchten werden, dann werden wir beide von Liebe berauscht und von Düften umweht, den Hauch unserer Lippen austauschen."

Nephoris, zuerst überrascht, empfindet diese Stimme als vertraut.

Das ist wohl die eines Freundes. Plötzlich erkennt sie die schmeichelnden Art zu sprechen, die mit kräftigen Tönen gemischt sind, wieder. Sie zittert, ihr Herz schlägt schneller. Dieser Sänger kann nur Hermias sein.

Sie sieht ihn bald. Er nähert sich in einem kleinen Boot, auf dem schlummernden Wasser, und scheint ganz mit dem Werfen seiner Netze beschäftigt zu sein.

Aber er setzt sein Lied fort: „ Meine Geliebte hat die Haare ebenso schwarz wie die dunkle und ihre Stirn ist glatt wie eine Tafel von Zypressenholz, auf ihren runden Wangen verbreiten sich weiße Lotosblumen und rote Blüten. Ihre Lippen sind wie Purpur, und ihre Zähne gleichen einer Perlenreihe. Unter ihren schönen Augenlidern verbirgt sie durchdringende Blicke, wie Pfeile. Sie hat den Hals einer jungen Gazelle und deren Anmut und Beweglichkeit. Ihre festen Brüste sind für meine Lippen gleich zwei Kugeln von auserwähltem Duft. Ihr ganzer Körper entsendet ebenso feinen Wohlgeruch, wie die Ambra ihres Halsbandes. Ich wollte ein reicher und mächtiger Fürst sein, um jener, die ich liebe, den Überfluss einer Königin bieten zu können. Die Verwalter ihrer Güter würden sich an ihrem Anblick ergötzen. Zahllose Sklaven würden vor ihr hergehen, von dem Verlangen ihre Schönheit zu bewundern berauscht, selbst ohne getrunken zu haben. Ihre Diener würden ihr das beste von ihren Vasallen bereitete Bier bringen, Weizenbrote, Pflanzen und Früchte."

Während Hermias sang, war Nephoris aus dem Pavillon getreten. Sie schlüpfte zwischen den Bäumen hindurch bis zum Fischer. Dieser bemerkt sie; er rudert seinen Kahn an das Ufer des Kanals und springt auf's Land. Das junge Mädchen zieht ihn in die Mitte der dichten Mimosen. Dort fallen sie einander sogleich in die Arme.

Sie bleiben zuerst einen Augenblick, ohne ein Wort zu sprechen; ihre Tränen umflorten Augen sagen sich genügend von dem Glück, sich wiederzusehen; und in ihrer engen Umarmung, Brust an Brust, fühlen sie die raschen Schläge ihrer Herzen.

Hermias unterbricht endlich die Stille. „Lass mich." murmelt er. „Lass mich von Deinen sanften Augenlidern den Tau Deiner Tränen küssen."

Nephoris gibt sich willig seinen Liebkosungen hin; sie vermag bloß mit schwacher Stimme zu stammeln:

„Oh, mein Freund! Ich habe Dich endlich wiedergefunden."

Aber Hermias, von Freude erfüllt, sagt seiner Geliebten ins Ohr:

„Sobald ich die Bestimmung Deines Vaters erfahren hatte, habe ich die Umgebung der Sphinx nicht mehr verlassen; und diesen Morgen, als man Dich hierher geleitet hat, war ich auf dem Weg verborgen; ich habe Deinen anbetungswürdigen Körper zwischen den Vorhängen der Sänfte sehen können.

„Dann hat sich Deine Liebe in meiner Brust verbreitet, wie ein berauschender Wein in einem Becher mit reinem Wasser: und jetzt bist Du für mich wie der Honig, der sich in Milch auflöst."

„Hermias," antwortet Nephoris, „alles, was aus Deinem Mund kommt, gleicht dem duftenden Weihrauch. Du hast mein Herz erfreut, so wie die Sonne, welche die Knospen der Lotosblume aus den Gewässern öffnet. Wenn Du mich umarmst, oh, mein Vielgeliebter, vereint sich meine Seele mit der Deinen, sie überströmt in Deiner Zärtlichkeit."

In diesem Augenblick sprang ein grüner Affe neben ihnen empor; sie zitterten.

„Bleiben wir nicht hier," mahnte die Tochter Cheops, „man könnte uns überraschen. Versuchen wir durch das Gehölz den Eingang zu dem Isistempel zu gelangen."

Nachdem sie ihren Geliebten in das Heiligtum geführt hatte, welches zu gleicher Zeit ihre Wohnung sein sollte, verschloss sie vorsichtig die Tür; dann, nachdem sie sich versichert hatten allein zu sein, erfasste sie die Hand Hermias.

„Sieh," sprach sie zu ihm, das Innere des Tempels zeigend, „mein Vater hat nichts gespart, um seiner Tochter eine Wohnung zu geben, die einer königlichen Kurtisane würdig ist."

Der Fußboden, welcher mit grünen Dioritplatten belegt war, ließ die weiße Farbe des Saales hervortreten, der ganz mit Alabaster verkleidet und mit feinen Bildhauerarbeiten geschmückt war. Diese waren mit blau, rot, oder Gold bemalt und stellten die Gottheit unter verschiedenen Formen dar.

Weibliche Nilpferde mit runden Bäuchen und hängenden Brüsten beschützten das Messer in der Pforte, das Bild der Isis, gerade so wie der Legende nach, dieses ungraziöse Thier, die mit Horus schwangere Göttin gegen die Gewalttätigkeiten des Typhon, ihres eigenen Gatten, beschützte.

Rings um die Mauern waren zahlreiche Statuen aus Gold, Silber, aus Bronze oder von Holz, welche die acht Göttinnen vorstellen, welche mit Isis die der Sphinx geweihte geheimnisvolle Neunzahl bilden. Das ist Horus, Nephtys, Selkit, Pthah, Sokhit, Osiris, Thot und Hapi.

Was die oberste Gottheit betrifft, so stand sie aufrecht auf einem Altar inmitten des Tempels. Man sah bloß ihr Gesicht, rot und weiß geschminkt, mit emaillerten Augen, in welchen Diamanten blitzten. Von ihrem hohen Kopfschmuck — einer Art von Diadem aus Kuhhörnern, fiel ein schwerer Stoff mit Gold und Perlen gestickt herab, der über die Schultern geworfen, den ganzen Körper mit seinen weiten Falten verhüllte.

Hermias fürchtete sich nicht, diesen Schleier zu lüften; darauf erblickte er Isis ganz nackt mit hängenden Armen, die Füße eng aneinandergestellt. Die Größe der Brüste, der umfangreiche Unterleib und die Breite der Hüften symbolisierten den damaligen Begriff der Fruchtbarkeit.

Zu Füßen der Göttin, vor dem Altar, wo Kyphipastillen glühten, befand sich ein Bett aus Elfenbein mit Purpurstoffen bedeckt. Hermias trug Nephoris dahin.

Schon presste er seine Lippen auf diejenigen des jungen Mädchens, als plötzlich ein lautes Klopfen gegen die Tür die Stille des Sanktuariums unterbrach. Zu gleicher Zeit formulierte eine ernste Stimme einen Aufruf:

„Das ist der Oberpriester aus dem Tempel des Osiris." murmelte die Tochter Cheops zitternd. „Mein Vater hat mich unter seine Aufsicht gestellt und ihm aufgetragen, alle meine Wünsche zu befriedigen."

„Bei dem Auge des Ra, was sollen wir machen? Denn Deine Gegenwart in diesem Ort würde den Verdacht des Priesters erregen und Du wärst verloren."

„Kann ich denn nicht von hier heraus gelangen?"

„Der Tempel hat wohl einen anderen Ausgang von der östlichen Seite. Aber dann, was wird aus Dir werden?"

„Ich kenne hinter der Sphinx unterirdische Gräber, wo ich mich verstecken und die Nacht erwarten kann."

„Wenn dem so ist, so möge Dich Isis beschützen und Abends mir zuführen. Ich werde in der Nähe des Kanals warten, an dem Ort selbst, wo wir uns wiedergefunden haben."

II. Das Grab des Menes

Hermias schlich im Schatten der Rhodiserbäume und der Mimosen bis zu den alten Gräbern, die in den Felsen hinter der Sphinx gehauen waren. Er dringt in dasjenige, welches ihm das tiefste scheint, und schreitet in der Kühle und Finsternis vorwärts.

Seine Hände stützen sich an die Mauer. Plötzlich schien sich diese zu senken; eine breite, bewegliche Steinplatte drehte sich um einen Steinzapfen; und der Fischer, welcher das Gleichgewicht verliert, fühlt, wie er über eine geneigte Flache gleitet. Er hat sich kein Übel zugefügt, denn der Boden ist mit Sand bedeckt.

Hermias erhebt sich wie betäubt, inmitten der tiefsten Finsternis, sein Kopf stößt an das Gewölbe eines engen Ganges. Er spricht, er schreit und seine Stimme erstickt und findet kein Echo.

Er steigt gegen den Eingang der Galerie hinauf, aber der Steinblock hatte seine vertikale Lage wieder eingenommen, nachdem er unter dem Gewicht nachgegeben hatte.

Der Fischer versucht ihn umzukippen. Ebenso stark wie ein junger Stier und vertrauend auf seine Muskelkraft — stemmt er sich gegen den Stein und mit einem Stoß, der mächtig genug wäre, um ein enormes Gewicht von der Stelle zu bringen, versucht er diesen zu heben. Derselbe

147

bleibt unbeweglich. Darauf bemächtigt sich seiner die Verzweiflung, er zerbricht sich die Nägel an dem Rand der Platte. Er keucht, er schnaubt vor Zorn; er erschöpft sich mit wiederholten Anstrengungen.

Endlich lässt er den Körper ermattet, schweißtriefend, die Angst im Herzen, in der Nähe der unüberschreitbaren Schwelle auf die Erde fallen und überlegt.

Er begreift, dass sich der Eingang nur durch einen Druck von außen öffnen lässt. Selbst Riesen würden ihre Schultern umsonst daran versuchen. Aber es bleibt dem Fischer die Hoffnung, einen anderen Ausgang zu finden.

Der junge Mann steigt den steil abfallenden Gang hinab. Nachdem er vierzig Schritte gemacht hatte, scheint es, dass sich die Galerie erweitert. Er schreitet mit ausgestrecktem Arm vorwärts und trifft auf keinen Widerstand; er befindet sich ohne Zweifel in einem unterirdischen Saal. Während einer geraumen Zeit irrt er tastend herum. Endlich stößt er mit dem Fuß gegen einen Gegenstand, der weiterrollt.

Er kniet nieder und sucht den letzteren. Beim Berühren desselben erkennt er ein langes Stück Holz, welches an einem Ende ganz verkohlt ist.

Könnte es sein, dass dies der Überrest einer Terpentinfackel ist? Der unbestimmte Geruch, welcher von diesem Trümmer ausströmt, bestätigt die Vermutung des

Hermias, aber warum sollte er es dann nicht versuchen eine Flamme anzuzünden, die ihm so notwendig war, um sich zurecht zu finden?

Er ergreift seinen Dolch von Feuerstein, klopft damit auf die Mauer und schlägt Funken, Diese fallen auf die halbverkohlte Fackel. Nach zwanzig fruchtlosen Versuchen erscheint ein roter Punkt auf dem harzigen Holz, der junge Mann bläst vorsichtig darauf. Das Feuer erweitert sich; bald lodert eine Flamme.

Bei ihrem rauchigen Schein lässt Hermias seine erstaunten Augen in dem Zimmer umherschweifen, in welches ihn der Zufall geführt, an den Mauern scheinen verschiedene gemeißelte Ungeheuer auf den verwegenen Sterblichen losstürzen zu wollen, der genug tollkühn wäre, es zu wagen, bis hierher einzudringen. Hermias sieht da Schlangen, welche von zwei menschlichen Beinen getragen sind; gigantische Uräusschlangen, welche mit erhobenem Kopf den Hals aufblähen, bereit zum Angriff. Skorpione mit Menschenköpfen und drohenden Stacheln; erzürnte Löwen und Leoparden mit aufgesperrtem Rachen.

Trotz seines ungewöhnlichen Mutes fühlt der Fischer, wie ihn ein kalter Schauer erfasst. Er erinnert sich einer Beschwörungsformel, die er in seiner Kindheit gelernt hatte und welche seine Mutter ihn aufforderte, in der Nacht gegen die Vampire zu rezitieren:

„Komm zu mir! Komm zu mir." murmelte er.

„O, Du, der Du fortdauernd für Millionen von Millionen Jahren bist.

O, Khnoum, einziger Sohn.

Gestern empfangen und heute Geborener!

Jener, der Deinen Namen kennt.

Ist jener, welcher siebenundsiebzig Augen und siebenundsiebzig Ohren hat.

Komm zu mir, möge meine Stimme gehört werden.

So wie die Stimme der großen Gans Nakak in der Nacht gehört wurde.

Ich bin Bah der Große."

Nachdem er mit dieser magischen Formel die schrecklichen Hüter dieses geheimnisvollen Ortes beschworen hatte, betrachtet Hermias ruhiger den Saal, worin er sich befindet; er ist leer.

Allein auf dem Boden faulen Überreste von Fackeln gleich jener, die den Raum nun erhellt. Aus Vorsicht nimmt er einige Stücke davon unter den Arm; dann macht er die Runde durch den Saal, der in den Felsen ausgehöhlt ist.

Auf der entgegengesetzten Seite, von jener, wo er eingetreten ist, öffnet sich ein sehr niedriger Gang.

Hermias dringt hinein, indem er auf dem feuchten Sand kriecht.

Bald endet der Gang; der Fischer richtet sich auf.

Ein Schrei der Überraschung entschlüpft seinen Lippen. Seine Fackel erzeugt sofort auf der Decke und in der Runde einer fantastischen Höhle tausende von Strahlenbüschel in verschiedenen Farben.

Der junge Mann nähert sich der Mauer, welche in blassgelber Farbe leuchtet unter dem Reflex der Edelsteine, welche darin eingesetzt sind: Diamanten, Amethyste, Smaragde und Lazursteine.

Diese bilden mit ihren weißen, violetten und grünen Strahlenbüscheln zwischen den bläulichen Flächen der Türkise leuchtende Hieroglyphen, inmitten derselben erkennt er die Inschrift des Menes, welcher der erste bekannte Herrscher des ägyptischen Königreichs ist und seit acht Jahrhunderten tot ist.

Diese Inschrift ist von Darstellungen, welche in Goldplatten gegraben sind, umgeben. Dieselben stellen Szenen dar, welche das Leben des antiken Kriegers verherrlichen: Zuerst als Architekt, zeichnet er auf dem linken Nilufer, — rings um den Hügel, auf dem sich die weiße Mauer erhebt, diese primitive, heliopolitanische Festung — er zeichnet mit dem Winkel den Plan einer Stadt, welche Memphis werden soll; endlich als oberster Priester legte er den

Grund für den großen dem Gott Pthah geweihten Tempel, weiter davon kämpft er gegen die Lybier, und opfert mit seinem Schwert zahlreiche Gefangene dieser Rasse.

Man stellt ihn auch in seinem Harem unter seinen Frauen und Konkubinen dar, wie er die Laute spielt auf dem Ruhebett liegend: Denn, als das Oberhaupt der Menschen, genoss er den Luxus der Tafel und die Freuden des Lebens.

In der Mitte des Zimmers zog ein monumentaler Sarkophag aus Basalt, von blauschwarzer Farbe, die Aufmerksamkeit Hermias auf sich.

Auf dem Boden rings umher liegen Schenkelbeine von Stieren — die Reste der Opfer von hundert Tieren, die man geopfert hatte, als man den König in seine Grabesbehausung getragen hatte. — Ibisse, Ichneumons, Krokodile in mumienhaftem Zustand, dann Parfümfläschchen und Vasen aus roter Erde, mit Gänsen, Turteltauben und tönernen Götzenbildern lagen bunt durcheinander.

Der Fischer stieg über diese Anhäufung und richtet sich neben dem Sarkophag auf. Er findet ihn mit einer dicken Platte aus rosa Granit bedeckt. Eine Neugierde, welche noch durch Begehrlichkeit vermehrt wird, treibt ihn an, das Geheimnis dieses Grabes zu entweihen.

Hermias besitzt eine ungewöhnliche Kraft. Auch gelingt es ihm, den Deckel des Sarges zu entfernen, der die Überreste des Menes schützen sollte.

Bei dem zitternden Licht seiner Fackel schaut er hinein, aber er springt sogleich geblendet zurück.

Die Basalttruhe ist bis zum Rand mit Goldbarren und Edelsteinen gefüllt. Der erste König von Ägypten gab seinen Getreuen ohne Zweifel den Befehl, seinen Schatz mit ihm zu vergraben. Vielleicht wollte er auf diese Weise seinen Nachfolgern einen Vorbehalt sichern, für den Fall eines Krieges oder einer Hungersnot. Mit der Zeit und der Änderung der Dynastien war das Geheimnis dieser Vorkehrung vollkommen verloren gegangen.

Angesicht dieser immensen Reichtümer, die er aufgefunden hatte, fühlt sich Hermias voll Freude und Ehrgeiz durchdrungen.

„Jetzt bin ich," ruft er aus, „ebenso mächtig, wie der Pharao selbst. Das Metall, welches die Wände bedeckt und diesen Sarkophag ausfüllt, würde allein hinreichen, seine Pyramide zu beenden. Ich kann also hoffen, der Gatte der Nephoris zu werden.

„O, große Göttin Isis, Beschützerin der wahren Liebe, sei gesegnet dafür, dass Du mir das im Felsen der Sphinx verborgene Geheimnis entschleiert hast."

Darauf taucht der junge Mann, von einem Glücksrausch gepackt, seine Hände in das Gold und die Edelsteine. Er schöpft dasselbe mit vollen Händen und streut es auf den Boden; in einigen Augenblicken ist der Boden des unterirdischen Gewölbes mit einer dichten Lage des hellgelben Metalles und geschliffener Edelsteine bedeckt.

Endlich entdeckt er den Sarg des Menes von Santalholz, mit geschnitztem Kopf und dem Körper in Form eines Futerals.

Eine Inschrift, die sich in zwei Reihen auf der Vorderseite der Kiste befindet, nennt den Titel und den Namen des Herrschers, von einem Gebet für ihn an Osiris begleitet.

Von seinem Eifer hingerissen, das Geheimnis, welches er entdeckt hat, bis auf den Grund zu erforschen, fürchtet Hermias nicht mehr eine neue Entweihung zu begehen; er öffnet den Sarg. Die Mumie des Königs liegt vor seinen Augen. Unter den Augenlidern des Königs blitzen zwei große Diamanten: auch scheint der Pharao, aus seinem mehr jahrhundertjährigen Schlaf erweckt, auf den Frevler seine erzürnten Blicke zu richten.

Der Fischer erschrickt nicht: er betrachtet begehrlich ein goldenes Brustschild, das mit Amethysten besetzt ist und die Brust des Leichnams bedeckt, ebenso wie einen Karfunkel in der Größe eines Eies, welcher seine Purpurstrahlen auf die pergamentartige Stirn des Menes wirft.

Rechts von der Mumie ruht eine schwere Axt von grünem Diorit mit einem Stiel von Ebenholz, welches mit Perlmutt ausgelegt ist.

Plötzlich verdüstert ein Gedanke das Gesicht Hermias.

Er konnte gewiss über den Schatz verfügen, da er allein von demselben Kenntnis besaß. Aber wie wird er aus dieser unterirdischen Gruft herausgelangen? Soll er inmitten dieser unermesslichen Reichtümer verhungern, oder verdursten? Daran zu denken, durch den Gang, der ihn in die Gruft geführt hat, zurück zu gelangen, ist unnütz ...

Aber in der Zimmerecke diese schmale Öffnung, welche kaum so groß war, um einem Menschen Durchlass zu gewähren, würde die nicht ins Freie führen?

Zitternd vor Furcht und Hoffnung zugleich, dringt Hermias entschlossen hindurch. Die Galerie erweitert sich: bald kann der Fischer aufrecht stehen. Er schreitet voll Freude weiter, indem er am Ende des Ganges ein Stück blauen Firmaments zu sehen glaubt.

Aber sein Herz täuscht sich: Denn das, was er für einen Teil des Firmaments hält, ist leider eine finstere Mauer aus Erde.

Hermias verliert nicht den Mut; er erinnert sich, dass die Priester die Gewohnheit haben, nachdem sie die Mumie einer hohen Persönlichkeit beigesetzt haben, die Öffnung, durch welche sie sich entfernen, mit Erde und Steinen zu verdecken, um das Grab vor den Blicken der Frevler zu schützen.

Ohne einen Augenblick zu verlieren, greift der junge Mann die Mauer an, welche seinem Durchgang Widerstand leistet, er bedient sich zu gleicher Zeit seiner steinernen Waffe, sowie großer Knochentrümmer, welche er in der Gruft des Menes gefunden hat.

Unter der Arbeit des Fischers bröckelt die Erde und der Schutt stürzt herab: eine Spalte erlaubt dem mutigen Hermias, eine reine Luft zu atmen und dehnt seine Lungen.

Der Geliebte der Nephoris stößt einen Triumphschrei aus. Er verdoppelt seine Anstrengung, seine Hände verwunden sich an den Felsenspitzen. Endlich ist das Loch groß genug, damit er hindurchschlüpfen kann.

Hinter diesem Hindernis erweitert sich der Gang; Hermias befindet sich in tiefer Nacht beim Eingang einer Gruft, welche derjenigen angrenzt, die ihm den Zugang in das Grab des Menes gewährt hat.

Seine Brust erweitert sich vor Glück. In dem leuchtenden Sternengewimmel scheint er das Glück und die Liebe zu sehen, welche ihm die Hände reichen.

III. Das Gastmahl der Pallaciden

Angesichts der großen Sphinx Harmakhis unter dem Pavillon ihres geheiligten Heimes, veranstaltet Nephoris den Pallaciden, welche den Dienst in dem Tempel des Osiris versehen, ein Gastmahl. Sie feiert so die Großmut eines Befehlshabers lybischer Truppen, der soeben aus einer sehr entfernten Oase, jener von Sokhit-Amon, ankam.

Dieser Feldherr hatte es aus der Erzählung der Nomaden erfahren, dass der König Cheops seine Tochter allen Männern ausliefern wollte, die reich genug waren, ihre Gunstbezeugungen zu bezahlen. Man hatte die Schönheit dieser jungen Prinzessin in so enthusiastischen Worten geschildert, dass der unabhängige Herrscher, welcher durch die Aushebung der Abgaben beim Durchmarsch der Karawanen sehr reich war, nach Memphis reiste, wo selbst er soeben mit dem Gefolge von sieben tapferen Kriegern angekommen war.

Er hatte sich mit dem Generalintendanten des Pharaos verständigt und dem königlichen Schatz entsprechend viele Goldklumpen geschüttet, um Nephoris acht Tage lang für sich allein behalten zu können. Zu gleicher Zeit hatte er ausgehandelt, dass ein jeder seiner Offiziere während der Dauer seines Aufenthalts in dem Hain der Sphinx die Gesellschaft einer geheiligten Kurtisane genoss, die unter den Hierodulen des Tempels ausgewählt waren.

Dieser großmütige Lybier war niemand anderer als Hermias selbst, der jetzt durch den Schatz des Menes ungeheuer reich war. Der ehemalige Fischer hatte sich diese List ersonnen, um sich ungehindert mit seiner Geliebten zu verständigen und ihre Flucht vorbereiten zu können.

Es ist daher er selbst, der sich jetzt an der Seite der Nephoris auf einem Stuhl ohne Lehne sitzend, vor einem Tischchen aus poliertem Olivenholz befindet. Um ihn herum sind seine Brüder und die Pallaciden auf niedrigen Schemeln paarweise sitzend, vor niedrigen Tischchen gruppiert, worauf die Sklaven die Speisen des Gastmahls auftragen.

Eine lange Perücke, deren schwarze Locken ihre Schultern bedecken und rote Striche, die ihr Antlitz durchfurchen, machen die Männer unkenntlich. Statt jeder Kleidung bedeckt bloß das Fell eines Schakals ihren Bauch und die Lenden; aber schwere Halsbänder, die aus Amethysten, Topasen und Smaragden zusammengesetzt sind, breiten sich in mehreren Reihen auf ihrer braunen Brust aus und strahlen im lebhaften Glanz.

Um ihre Arme stoßen bei der geringsten Bewegung breite, goldene Ringe aneinander und hinter ihrem Gürtel aus Wildfell stecken glänzende Dolch aus Bronze.

Auf der Stirn des Hermias schimmern in einem fürstlichen Reihen ungeheuer große Perlen von unschätzbarem Wert und das Fell eines Leoparden bedeckt nachlässig umgehängt seine linke Schulter.

Jede Pallacide ist nackt unter einem schwarzen Netz mit großen Maschen, welches jenen nachgemacht ist, das die jungen Mädchen in dem Aufzug des Königs Snofroui trugen, die ihn bei seinen verliebten Ausflügen in Barken oder am Ufer des Nils begleiteten.

Nephoris allein verhüllt zur Hälfte die vollendete Schönheit ihres Körpers mit einer Tunika von durchsichtigem Stoff, der in kleine Falten geglättet und unter dem Busen zusammengeschürzt ist.

Alle Frauen haben die Augen mit schwarzem Kohol umrändert, Ockersalbe auf den Wangen und Karmin auf den Lippen. Ihre Haare verbreiten einen feinen Geruch nach Henne, der Rosen gleicht. Gewinde aus Meiran schmücken ihre Köpfe, schlingen sich um ihre Nacken und verbergen zur Hälfte ihre perlmuttweißen Schultern.

An den Seitenwänden des Pavillons bereiten sich Musikerinnen und Tänzerinnen in Byssusgewändern vor, die Augen und Ohren der Gäste während des Mahls zu erfreuen.

Vor dem Beginn des Gastmahls überschüttet man auf den Befehl des Hermias die Haare jeder anwesenden Person mit einer sehr kostbaren Essenz, die aus der Cyperuspalme gewonnen wird, welche in der Oase Sokhit-Amon wächst, woher der falsche lybische Fürst zu kommen behauptet.

Es ist demnach in einer von seltenen Wohlgerüchen überladenen Atmosphäre, dass man die ersten Speisen aufträgt:

Gesäuerte Nabeca-Beeren, rohe Zwiebel und Papyrusknospen, die auf der Flamme geröstet waren. Zu gleicher Zeit werden in Binsenkörben Lilienbrote, die mit der Wurzel und den Samen der Lotosblume zubereitet sind, herumgereicht; und Mundschenke füllen runde, goldene Becher ohne Fuß mit einem heilsamen Bier, das wenig Alkohol enthält.

Während die jungen Männer und die Kurtisanen damit beschäftigt sind, ihren lebhaften Heißhunger zu stillen, lassen die Maultrommelspielerinnen lustige Melodien ertönen.

Man bringt hierauf eine Suppe, die aus Sumachblättern bereitet ist, gestampfte Feigen und Essig; dann schwarze Tauben mit roten Füßen, Schafsdärme, gefüllt mit fein gehacktem Gänsefleisch, welche aus einem Erbsenlager mit einer Zwiebelsauce aufgetragen werden, gebackene Lammdärme in Stücke geschnitten und eingerollt.

Jetzt kommt die Reihe an jenen Gericht, welches die Ägypter später den ‚Braten der Armen', oder die ‚Leidenschaft der Könige' nannten: der Bauch eines Zicklein, den man auf den Spieß gesteckt hat, ohne ihn zu reinigen. Man zerlegt es und speist die Schnitten, welche man in eingemachtes Konfekt in Rosen tunkt.

Hier ein anderer Braten: im Ofen gebackene Fleischrollen auf einem Lager von Brot, welche aus Blättern aufgetragen werden.

Indessen hat der Wein das Bier in den Kelchen ersetzt, welche auf einen Zug ausgeleert wurden. Es war weißer und roter vorhanden. Man schenkte zuerst den herben Wein von Faioum ein; dann trinkt man den Purpurliqueur vom südlichen Quan.

Schon seit einer Weile haben sich die Musikerinnen, welche die Basslaute schlagen, zu den Flötenspielerinnen gesellt: und sie singen eine Einladung zum Freudensgenuss:

„Gießen wir Wohlgerüche auf unsere Häupter, welche wir mit gelben Mimosen bekränzen werden!

Dies ist der Tag, wo wir uns berauschen wollen. Dies ist auch der Tag der Liebe.

Vertreiben wir aus unseren Herzen jeden beschwerlichen Kummer und der Hauch der Liebe möge uns liebkosen gleich dem Nordwind, der unsere Stirn erfrischt. Später, wenn wir in der Finsternis des Ostens sein werden, in dem toten Tal, inmitten von Mumien und vergessener Seelen, dann können wir uns bloß mit dem modernden Wasser der Gräber erfrischen. Trinken wir dann in langen Zügen den Nektar unserer Hügel und erfreuen wir uns mit Festen und der Liebe."

Während die Sängerinnen des Osiris auf diese Weise die Lebensfreuden feiern, bringen Diener das Dessert: Dattel, Honig, Konfitüren, die wohlschmeckend im Mund zerfließen, — eine Sorte von Nusskuchen aus Pistazien und geschälten Erbsen — auch Kuchen, welche aus Weizenmehl bereitet sind.

Darauf schenkt man süßen Wein aus, der an den Ufern des Marea-Sees angebaut wird, dann den Tenruka, in welchem einige Tropfen von Minze mit hineingemischt sind; und auch noch den sehr alkoholhaltigen Shetthou, der aus Trauben besteht, die lange in der Sonne getrocknet wurden.

Während dem Klingen der Becher und der Schüsseln und den allgemein Gesprächen, den Klängen des Flötenspieles und der Metall-Saiten, kann Hermias der Nephoris mitteilen, wie er den Schatz der Sphinx entdeckt hatte, welches ihm das Schicksal so unverhofft zugespielt hatte.

„Bis wir die Wachsamkeit der Garden genügend eingeschläfert haben werden," murmelt er in das Ohr seiner Geliebten, „werden wir uns abends in ein Schiff begeben, welches auf meinen Befehl im Nil ankert, unweit von hier. Meine Brüder und ich haben das kostbare Metall und die Edelsteine aus dem Grab bereits in das Schiff getragen; wir haben reichliche Essensvorräte für eine weite Fahrt gesammelt. Denn wir haben uns vorgenommen, unser Dasein, weit von dem verhassten Ägypten auf freien Gestaden zu verbringen, wo wir glücklich sein werden."

Bei diesem Vorschlag des Hermias verschleiern sich die Augen der Nephoris mit tiefer Traurigkeit. Bedauert sie ihr Vaterland? Oder war sie durch die Aussicht einer zweifelhaften Zukunft erschreckt? Oder überkam sie mehr das Vorgefühl einer schlechten Neuigkeit, die sie gerade erfahren hatte?

In der Tat, plötzlich erscheint der Oberpriester des Osiris in der Mitte der Gäste. Diese, welche sich ganz dem Fest hingeben, haben sein Kommen gar nicht bemerkt. Aber der Priester breitet seine Arme aus und ruft mit donnernder Stimme:

„Haltet ein, Pallaciden, Musiker und Sängerinnen! Mögen die klingenden Saiten unter Euren Fingern zerreißen. Jetzt ist nicht der Augenblick dazu, fröhlich zu sein und Feste zu feiern. Das Vaterland ist in Gefahr und fordert von uns andere Dienste."

Bei diesen unbegreiflichen Vorwürfen verstummen alle Zuhörer überrascht und verharren in tiefem Schweigen.

Unterdessen setzt der Prophet seine Rede fort:

„Blutige Tage sind über Ägypten gekommen.

Der schändliche Mazait hat das Versprechen gehalten; er hat sich mit seinen wilden Horden, gleich dem zerstörenden Orkan über das Niltal gestürzt.

Elende Spione, die vor einigen Tagen heimlich nach Memphis gekommen sind, haben unter den nubischen Wachen die Flamme des Aufruhrs entfacht, nach einem blutigen Kampf, den sie gegen die eingeborenen Kohorten führten, verlassen soeben die Stadt, um ihren Landsleuten entgegen zu gehen, deren Armee sie zu verstärken beabsichtigen.

Seine Majestät der König Cheops ist so dem größten Verrat und Unglück preisgegeben. Aber mit seinen Söldnern, die ihm treu geblieben sind, könnte er vielleicht Memphis so viele Tage lang verteidigen, um seinen Vasallen, Fürsten von Range, die nötige Zeit zu lassen, damit sie zu seiner Hilfe herbeikommen könnten.

Aus jeden Fall ist es ihm unmöglich, jetzt daran zu denken, die Stadt gegen das Plündern der Barbaren zu schützen. Er hat daher allen, reich und arm, Herrn oder Bauern, den ausdrücklichen Befehl erteilt, sich so bald als möglich mit ihren Familien, ihren Haustieren und ihren Vorräten hinter die Bollwerke der Stadt zu flüchten. Hier, hinter den starken uneinnehmbaren Mauern und im Schutz des Flusses werden wir die Verteidigung des Landes organisieren.

Ich komme Euch daher abzuholen, die geliebten Töchter, ohne Dich auszunehmen, Nephoris, die der König in seiner Trauer und seinem Unglück in seiner Nähe haben will.

Was diese großmütigen Fremden betrifft, die gekommen sind, die Göttin Isis anzubeten, so steht es ihnen frei, sich von Memphis durch die Wüste nach ihren friedlichen Oasen zurückzubegeben."

„Vor ihrer Abreise," rief die Prinzessin, „will ich an diesen edlen Lydier und an seine Gefährten zum Abschied noch einige freundschaftlichen Worte richten."

Hierauf erfasst sie die Hand des Hermias, die sie kräftig in der ihrigen drückt, und dann sagt sie:

„Ihr habt soeben erfahren, meine Freunde, aus dem Mund dieses Propheten die schreckliche Gefahr, welche Memphis bedroht.

„Wenn Euer Gebieter und Ihr während der leider nur zu kurzen Stunden, die Ihr bei mir zugebracht habt, für die bescheidene Dienerin der Götter eine Neigung gefasst habt, deren Keim ich in Eurem Herzen vermute, so könnt

165

Ihr mir unter diesen unheilvollen Umständen, worin wir uns nun befinden werden, auf eine glänzende Art Eure Liebe beweisen.

Möge der Fürst der Oasen so schnell als möglich in sein Land zurückkehren; aber er soll bald wiederkommen mit tapferen Kriegern, um dem Pharao zu helfen, Mazait zu besiegen. Dann bin ich dessen gewiss, dass mein göttlicher Vater ihm alles gewähren wird, was er auch immer verlangen mag."

„Tochter der Götter," antwortet Hermias, sich vor Nephoris sehr tief verneigend, „ich kann mich den Befehlen, die Deine bezaubernden Lippen aussprechen, nicht entziehen. Ich will daher alle meine Kräfte aufwenden, um eine ebenso zahlreiche als tapfere Armee zu bilden; und ich werde dann ohne Zögern Cheops zu Hilfe eilen."

Dann fügt der junge Mann leise hinzu:

„Mit dem Schatz des Menes kann ich mehrere tausend Mann aufbieten und ihnen den Sold vorausbezahlen. Ich will an den entfernten Ufern Mietstruppen anwerben; ich werde vor vier Monden nicht zurück sein.

Von heute bis dahin dann. Dank der Aufströmung des Nils, welcher die Nubier bald auf die Hügel zurückdrängen wird Memphis dem Feind widerstehen.

Was Dich betrifft, Nephoris, meine Geliebte, mein Weib, verzweifle nicht während der langen Wochen meiner Abwesenheit, verliere niemals den Mut: denn, wenn der Tod mich nicht ereilt, oder wenn er nicht alle meine Brüder erfasst, so sollst Du die Stadt frei und siegreich sehen. In Erwartung, dass Du den Purpur der Morgenröte dieses Tages sehen wirst, bewahre die Erinnerung an mich heilig in Deinem Herzen.

Auf Wiedersehen, meine Nephoris, im Triumph und in Liebe!"

Sechstes Kapitel

Der Triumph des Hermias

I. Die Hoffnung der Nephoris

Aufrecht stehend auf der höchsten Terrasse des königlichen Schlosses zu Memphis, richten Nephoris und Miri ihre dunklen Augen voll brennender Ungeduld in die Weite.

Schon seit einem Monat verbringen sie auf diese Weise ihre Tage, angstvoll den Horizont durchforschend.

Sie hoffen jeden Augenblick auf dem Nil die Befreiungsflotte ihres treuen Freundes erscheinen zu sehen.

Nach der Abreise des tapferen Fischers sahen sie bald den Fluss anschwellen, wie die Priester sagten, von den Tränen, welche Isis über den Tod ihres Bruders Osiris vergoss, dann überströmend aus den Ufern heraustreten und sich in der Ebene verbreiten.

Von dieser wachsenden Flut waren die Nubier des Mazait, welche bereits auf dem Istmus lagerten, der im Süden die Stadt mit dem Festland verbindet, gezwungen, in die sandigen Hügel der lybischen Gebirgskette zu flüchten, wo sie sich nun zahllos gleich einem Heuschreckenschwarm hindrängten.

Die Töchter des Cheops sahen ihre Zelte aus Wolfs-, Schakalen-, Antilopen- und Ziegenfellen in langen Reihen aufgestellt, welche sich längs der wellenförmigen Anhöhen hinzogen, die das Tal beherrschten.

Dieses war mit schlammigem Wasser bedeckt und bot seit vier Monaten den Anblick eines sehr breiten und langen Sees, der von zwei Reihen Sandboden und Felsen eingeschlossen war.

Da und dort unterbrachen Villen die auf Anhöhen erbaut waren, und die Gipfel hoher Bäume mit ihrem schwarzen oder grünen Ton das Grau der ungeheuren Wasserfläche; auch einige Straßen zeichneten darin ihre weißen Linien ab.

Inmitten dieses innerlichen Meeres wogte der Nil mit seinen ungestümen Fluten. Die letzteren zuerst grün, während vier Tagen — änderten hieraus ihre bläulich graue Farbe ins Dunkelrot; und während einer Woche meinte man einen Strom aus Blut zu sehen, der sich ausbreitete. Obwohl dieses Phänomen alljährig war, verlieh es den gegenwärtigen Umständen eine eigentümliche Bedeutung, welche die Bewohner von Memphis für eine böse Vorbedeutung hielten.

Jetzt trat der Fluss langsam in sein Bett zurück; er hinterließ an verschiedenen Orten glänzende Pfützen, zwischen denen sich ein schwarzer und fetter Humus ausbreitete.

Ohne die Anwesenheit der Barbaren hätte man an die Aussaat gedacht. Der Gedanke an diese friedlichen Arbeiten, welcher vor Nephoris auftauchte, lenkte den Sinn der Prinzessin für einige Augenblicke von ihren ernsten Besorgnissen ab.

„Wenn der Krieg beendet ist," sagte sie zu Miri, „wie werden wir glücklich sein, auf den Feldern den Ackersmann zu sehen, wie er seinen leichten Pflug lenkt, der mit Ochsen bespannt ist und die gebogene Pflugschar leicht in die feuchte Erde einstößt; dann wird er die Saatkörner ausstreuen.

Diese werden keimen; und bald werden wieder grüne Teppiche das Tal bedecken; dann wird die glühende Sonne die Saaten zur Reife bringen.

In diesem Augenblick werden die Arbeiter gruppenweise in einer Reihe vorrücken, indem sie auf den Boden die geschnittenen Ähren liegen lassen.

Ein Musiker, der die Flöte spielt, und ein Sänger, der in die Hände klatscht, werden sie zu der schweren und mühevollen Arbeit aufmuntern."

„Oh, wie schmackhaft wird uns dieser ersehnte Weizen vorkommen!"

„Aber," fügte Nephoris mit Trauer hinzu, „wir sind noch weit davon entfernt, um von diesem Brot des Lebens genießen zu können."

Zu der peinlichen Sorge ihrer traurigen Lage zurückkehrend, richteten die Töchter Cheops ihre Augen nach unten.

Am Fuße des Schlosses dehnte sich die Stadt elipsenförmig aus, ihre flachen Dächer waren mit halbnackten Männern und Frauen bedeckt, alle bewegten sich, wie von höllischen Geistern besessen: sie singen in schrillen oder traurigen Tönen, wobei sie sich mit Zithern und Kinnors begleiteten.

Oberhalb der Stadt braust eine ungeheure Schallwelle, die aus verworrenen Klageliedern und verschiedener Musik bestand und sich an den Mauern des Palastes brach.

Als die nubischen Truppen in Ägypten in dem dritten Monat des Sommers einfielen, beschäftigten sich die Untertanen Cheops gerade damit, die Ernte einzuheimsen, und der größte Teil des geernteten Weizens und der Gerste fiel in die Hände der Feinde.

Auch waren nach zweimonatlicher Belagerung die Bewohner der Hauptstadt gezwungen, aus den Vorratsspeichern zu schöpfen.

Die Anzahl der zu ernährenden Personen war übrigens sehr bedeutend: denn nach dem Befehl des Pharaonen kamen die Bauern der Umgebung hinter den Wällen der Stadt Schutz zu suchen.

Man hatte alle Essensvorräte geteilt. Aber trotz dieser Maßregeln wütete die Hungernot schon seit vierzehn Tagen in der Stadt.

Deshalb wogte das Volk in den Straßen, versammelte sich in den Häusern, tobte auf den Dächern und schien von einem heftigen Fieberwahn sinn erfasst zu sein.

Ihre Verwünschungen und ihr Angstgeschrei drangen gleich dem Donnern der entfesselten Wogen zu den Ohren der Prinzessinnen und bereiteten ihrem Herzen einen schweren Kummer.

„Arme Leute!" murmelte Nephoris, „sie haben bis jetzt einen bewunderungswürdigen Mut gezeigt, sei es um die Angriffe der Nubier zurückschlagen, sei es um alle Art von Entbehrungen zu ertragen. Aber heute sind ihre Kräfte zu Ende; sie wollen sich gegen Süden einen blutigen Ausgang durch die Reihen der Feinde bahnen. Zwischen dem Hungertod oder dem traurigen Ende, von Barbarenhorden niedergemetzelt werden, geben sie einem ruhmvolleren Ende den Vorzug. Unser Vater wird ihre Ungeduld nicht länger zügeln können.

„Ich habe noch nicht gewagt, ihm das Geheimnis, welches mir das Herz erschwert, anzuvertrauen, das meine letzte

Hoffnung ist, und ohne welchen ich die Götter verfluchen möchte, die mein Vaterland verraten haben.

„Wie soll ich dem Pharao mitteilen, dass zu dieser Stunde das Geschick von Memphis von Hermias, diesem von ihm zu dem schrecklichsten Martertod verurteilten Fischer, abhängt?"

„Wird er wiederkommen?" bemerkte Miri.

„Meine Schwester, Du lästerst!" ruft Nephoris aus. „An ihn zu zweifeln, das ist so viel, wie an mir selbst zu zweifeln. Wenn der Tapfere noch nicht da ist, so ist es deshalb weil er unterwegs Hindernisse zu überwinden haben wird; aber ich bin überzeugt, dass der Unerschrockene alles überwinden wird; und wir werden ihn bald mit seinen Brüdern und den angeworbenen Soldaten erscheinen sehen. Dieser Mann besitzt eine unbeugsame Seelenkraft: Der Tod allein könnte ihn aufhalten."

„Der Tod, sagst Du?"

„Nein, nein! er ist nicht tot; ich habe Vertrauen in sein Schicksal. Ich habe Vertrauen in seine Zukunft. Binnen Kurzem wird dieser Sohn des Volkes — in welchem sich vielleicht eine göttliche Seele verbirgt dieser arme, junge Mann, dem Pharaonen zeigen, um wie vieles der angeborene Edelmut und die Herzensgüte über die hohe Abkunft und den Reichtum erhaben ist. Aber jemand kommt! was verlangt man von uns?"

174

In diesem Augenblick erscheint die Königin Mirtitessi.

„Meine Töchter." sagte sie, „Euer Vater hat den Bitten der Offiziere, der Soldaten, der Priester und des Volkes nachgegeben, welche laut nach Brot oder den Tod in der Schlacht verlangen.

„Seine Majestät hat bis jetzt gezögert, eine Schlacht zu liefern, deren Ausgang zweifelhaft ist. Der König hoffte noch, dass die Fürsten der Provinzen, seine Vasallen, ihm zu Hilfe kommen werden. Diese scheinen im Gegenteil das gegenwärtige Unglück zu benutzen, um sich ihre Unabhängigkeit zu sichern. Ihr Treuebruch wird bestraft werden. Jedoch zu dieser Stunde können wir bloß auf unsere eigenen Kräfte rechnen."

Bei diesen Worten will Nephoris ihre Mutter unterbrechen und derselben ihre Hoffnung in die bevorstehende Ankunft des Hermias zurufen; ein Gefühl von jungfräulicher Züchtigkeit hält ihre Lippen geschlossen.

Indessen setzt die Königin fort:

„Morgen, bei Sonnenaufgang werden die kampffähigen Männer von Memphis, unter der Führung der königlichen Garden, einen Ausfall durch das südliche Tor versuchen. Wenn es ihnen nicht gelingen wird, die Nubier zu besiegen, bleibt uns nichts anderes übrig, als uns unter den rauchenden Trümmern der Stadt zu begraben.

„Bevor man zu dieser äußersten Maßregel greifen wird, will der Pharao um das Wohlwollen der Götter für sich und sein Königreich flehen.

„Auf seinen Befehl organisiert sich eine allgemeine Prozession. Sie wird sogleich nach Sonnenuntergang beginnen. Alle Bewohner der Stadt sind verpflichtet, an dieser religiösen Kundgebung Teil zu nehmen. Die königlichen Familie, die Konkubinen selbst, sollen ihren Platz in dem Umzug haben.

„Folgt mir, also, meine Töchter, denn wir müssen uns zu dieser Zeremonie vorbereiten, welche Abends stattfinden wird."

II. Die blutige Nacht

Nachdem die Prozession die Hauptstraßen von Memphis durchschritten hatte, begibt man sich in das weite Hypostil des Tempels des Pthah, welcher in dieser Nacht als besondere Gunst allen Einwohnern der Stadt geöffnet war.

Zwischen den hohen, viereckigen Säulen brannten Dochte in großen Lampenstöcken aus Bronze, die in ein riechendes Öl getaucht waren, und in breiten Kohlenbecken glühte Weihrauch, so wie die lieblichsten Wohlgerüche von Poanit, aus Kohlen.

Der Umzug dringt unter die ungeheuren Wölbungen. An der Spitze schreiten die Soldaten, welche in Trompeten aus Erz blasen; sie gehen den Handwerkern voran, die in Korporationen geteilt sind und von den Arbeitern aus den königlichen Ateliers angeführt wurden: Schmiede, Metallgießer, Maurer, Tischler, Goldschmiede, Schuhmacher, Steinmetzer, Graveure, Bäcker, Fleischer, marschieren nach und nach, unter die Pylonen des Einganges, und ordnen sich in den tiefen Gängen. Alle sind mit Lanzen und Bögen bewaffnet.

Hinter denselben schreiten mühsam die Schreiber und die verschiedenen Funktionäre, welche mit großer Mühe ihre eisernen Schwerter tragen.

Dann erscheinen die eigentlichen Soldaten, die Lybier, welche die einzigen unter den Mietstruppen dem Pharao treugeblieben sind.

Die halbnackten Hierodulen schütteln die Schellentrommel, spielen die Basslaute oder schlagen die Tamburine und tanzen inmitten der Priester, welche ihre Räucherfässer vor den Statuen der Götter und Heroen schwingen. Diese Statuen werden von den Offizieren auf den Schultern getragen.

Es befinden sich hier in Stein gehauen oder von Holz geschnitzt und mit natürlichen Farben bemalt, die Bildnisse der berühmtesten Könige des ursprünglichen Ägyptens.

Menes, der beinahe wie Pthah angebetet wurde; dann der Sohn dieses Fürsten Teti, der Läufer genannt, welcher den Grundstein zum Schloss von Memphis gelegt hatte. Quenephis, der Erbauer der ersten Pyramiden, diese erbaut in KoKome; Kakovu, der mannhafteste der Männer, der Stier der Stiere, Repherkeres, unter dessen Herrschaft, wie man sagte, im Nil während vierzehn Tagen Honig floss; Sesokhris, der Riese; Snofroui, Vater des Cheops und die bildliche Darstellung des letzteren in Alabaster.

Dann kamen die Sinnbilder der neun Gottheiten von Memphis, unter dieser Zahl befindet sich der Stier Hapi, den man aus dem Sanktuarium herausgeführt hat und der auf den Beifallsjubel des Volkes mit dumpfem Brüllen antwortet.

Die Getreuen des Pharaos sind geschart um den geheiligten Sperber, den Vogel des Horus, Abzeichen der ägyptischen Herrscher. — Dann schreiten Fächermädchen und Pterophoren Cheops voran, der in einer Sänfte auf dem Thron sitzt, unter einem Baldachin in Form eines Tempels. Der Herrscher, welcher den Kopf mit einem goldenen Kriegshelm bedeckt hat, wird von seinen Söhnen und dem ersten Intendanten getragen.

Hinter ihm folgen auf Sänften ausgestreckt die Königin Mirtitessi, ihre Töchter Nephoris und Miri und die anderen Gemahlinnen, die den Harem bevölkern, mit einem Gefolge von zahlreichen Frauen.

Eine Abteilung königlicher Wachen schließt den Hofzug, hinter den, sich das Volk von Memphis drängt.

Hierauf steigt Cheops von seiner Sänfte herunter und begibt sich in das Mittelschiff des Tempels. Im Hintergrund des Saales, vor ihm, inmitten eines Halbkreises, der aus ungeheuren brennenden Terpentinbaumstämmen gebildet ist, erheben die drei Repräsentanten des Krieges und Blutbades Sokhit, Anubis und Thot, ihre tierischen Köpfe über einen beweglichen Vorhang von lodernden Flammen.

Die erste mit dem Kopf einer wütenden Löwin und roten Augen, der aus dem Körper eines Weibes sitzt; zu ihrer Rechten streckt der göttliche Schakal seinen blutenden Rachen vor; was den dritten anbelangt, den Schreiber beim Gericht der Toten, so trägt er aus breiten, menschlichen Schultern einen Ibiskopf mit spitzigem Schnabel.

Der Pharao verbeugt sich zu Füßen dieser Gottheiten; er beräuchert jede von ihnen rund herum, während die Königin Mirtitessi mit beiden erhobenen Händen zwei Klappern schüttelt, die mit der Maske des Hator versehen sind; dann nähert sich der König dem Altar, der vor dem Gott Sokhit steht.

Das ist ein halbkugelförmiges Becken aus rosa Granit, welches auf einem abgerundeten Fuß mit viereckiger Basis ruht.

Der Monarch schüttet als erster Hohepriester die mystische Milch mit dem Wein der Trankopfer hinein; und in der weihevollen Stille, welche über der großen Menge schwebt, erhebt er seine klangvolle Stimme, die in den ungeheuren Wölbungen feierlich widerhallt:

„Götter, Beschützer von Memphis, Pthah und auch Ihr himmlischen Schiffer, die Ihr die strahlende Barke des ewigen Gestirnes lenkt, werft einen Blick des Wohlwollens auf Euren Sohn. Erinnert Euch daran, dass ich selber die ‚fleischgewordene Sonne' bin, und dass ich über die Romiton, die höchsten Menschen herrsche. Ihr werdet es den Barbaren, die Eure Bilder zertrümmern, nicht gestatten, in Memphis einzudringen, in die heilige Haikonpthah, das geheiligte Schloss der Doppelgestalten des Gottes Pthah.

Wäret Ihr, furchtbaren Götter, gegen Eure Kinder erzürnt? Wenn ich den Befehl erteilt habe, einige unbedeutende

Tempel zu schließen, namentlich jenen des Ra in Sakhibon — dessen Priester die Kühnheit hatten, meinen Absichten entgegen zu sein, indem sie es abschlugen, zu den für meine Arbeiten nötigen Ausgaben beizusteuern — habe ich nicht anderseits das Heiligtum des Hator in Denberah widerstellen lassen, den Tempel des Ponbasht und jenen des Goubti erbaut?

Der Priester Psamitih-Monkhon, so wie meine Intendanten Konsoni und Khomtimi werden Zeugen meiner Worte sein.

Heute habe ich mich Euch zu Ehren mit kostbaren Stoffen geschmückt, die in verschiedenen Farben so kunstvoll gestickt sind, dass sie aussehen, wie mit den Blumen meiner Gärten bedeckt; ich habe mich verschwenderisch mit wohlriechenden Essenzen parfümiert. Und ich komme, so schwach wie die Schlange der Felder, um vor den Herren der Zerstörung einen demütigen Fußfall zu tun, um sie anzuflehen, mein Volk zu schonen.

Aber ich weiß es wohl, dass die Gebete und Opfer nicht ausreichen, o, furchtbare Götter, zur Besänftigung Eures Zornes. Ihr verlangt Menschenblut, welches riesel und raucht. Darum will ich Euch befriedigen."

Auf ein Zeichen des Cheops führt man etwa hundert Nubier herbei, die sich zu nahe zu den Bollwerken der Stadt heran gewagt hatten und man gefangen nahm. Diese Landsleute des Mazait sind nackt, sie haben die Hände nach hinten gefesselt, den Rücken und die Füße in

Spannketten. Die Wachen stoßen vor den Pharao einen dieser Gefangenen, welcher heulend die entsetzten Augen rollt.

Der König erfasst eine ungeheure Keule von weißem Stein, die mit Hieroglyphen verziert ist und er versetzt einen entsetzlichen und wohlgezielten Streich auf den Kopf des Nubiers. Man vernimmt ein dumpfes Geräusch und der Mann fällt gleich einer leblosen Masse mit gespalteter Hirnschale, woraus ein Blutstrahl rinnt.

„Oh, Ihr mächtigen Götter!" ruft der Pharao, seine purpurfarbene Keule schwingend, „das sind keine bloßen Kinder mehr, die ich Euch in dieser Stunde opfere: das sind lebende Menschen. Sammelt ihre letzten Atemzüge; nehmt dieses Sühnopfer, das Euch gefallen möge, günstig auf."

Cheops erschlägt noch etwa zwanzig der gefangenen Nubier, deren Körper vor Sokhit, Anubis und Thot liegend, sich in Todesqualen winden und in letzten Zuckungen bewegen.

Aber der König überlässt des Mordens müde dem Volk die übrigbleibenden Opfer. Man schleppt sie aus dem Tempel und die Menge stürzt sich auf sie mit einen, wilden Freudengeschrei.

Männer und Weiber schlagen sie ins Gesicht und schreien sie an; die Kinder stechen ihnen gespitzte Rohrstäbchen in den Bauch, welche sie in dem Fleisch herumdrehen. Man zerkratzt ihre Wunden mit Scherben und Sand; man bestreut sie mit Salz und Dornen.

Dann schleppt man beim Fackelschein und den Liedern der Kinder, welche von Flöten- und Zitherspiel begleitet sind, die Unglücklichen auf Flechtwerk von Akazienzweigen ausgestreckt durch die krummen Gassen zu den Stadtmauern.

Jetzt häuft man auf den breiten Wällen, welche das ganze Stadttal mit ihrem ungeheuren Schatten zu versperren scheinen, an hundert Orten Sykomorenzweige und Weinranken auf, während die jungen Mädchen sich der Nubier bemächtigen, die zu ihrer unbeschränkten Verfügung gestellt sind.

Mit scharfen, steinernen Dolchen trennen sie ihnen die Kopfhaut und die Augenlider ab; sie sägen ihnen die Nasen durch und schneiden ihnen die Ohren ab; von dem Rücken und der Brust der wehklagenden Unglücklichen ziehen sie in langen Streifen die schwarze und blutige Haut herunter. Diese bedeckt ihre Schenkel wie ein zersetztes Schurzfell.

Dann bringt man enorme Balken und hohe Pappelbäume. Auf den ersteren befestigt man mittels spitzer Nägel die Hände der zahlreichen Opfer; und man treibt die gespitzten Hölzer in die Eingeweide der anderen.

Dann richtet man diese Marterpfähle zwischen den Scheiterhaufen auf und zündet sie an.

Die Barbaren, welche von dem ungewöhnlichen Getöse, das in Memphis herrscht und dessen Echo bis zu ihren Zelten dringt, beunruhigt sind, haben die Höhen von Hait-Sokari verlassen: sie rücken in gedrängten Reihen in die Ebene vor; und da sehen sie stumm vor Entsetzen, beim roten Feuerschein der Scheiterhaufen ihre gemarterten Brüder.

Die Einen schweben, von ihren angenagelten Händen getragen, auf Mastbäumen, die von ihrem Blut gefärbt sind; andere winden sich auf den Gipfeln riesiger, aufgerichteter Marterpfähle.

Auf Haken, längs der Mauer, sind andere Nubier befestigt, die man von den Wällen in die Leere heruntergeschleudert hat. Sie jammern und bewegen sich hin und her. Dieser ist an den Armen befestigt, jener an dem Bein, mehrere durch die Mitte des Körpers; aber die Haken aus Bronze lassen ihre Beute nicht los.

Um das Jammern und die Verwünschungen, welche die Gemarterten ausstoßen, zu übertönen, führen die Mägde der Göttin Bast, die Kurtisanen des Viertels von Anchta singend um die Scheiterhaufen wilde Tänze auf, wobei unter ihren Tuniken aus durchsichtiger Gaze ihre Leiber vor maßloser Wollust erbeben.

Von Zeit zu Zeit entreißt sich eines dieser Weiber aus den Reigen und fällt unter der rauhen Umarmung einiger betrunkener Söldner zur Seite.

Nach und nach verhallt längs der Wälle das verworrene Geschrei. Und endlich hört man in der ruhig gewordenen Nacht nur mehr das Gemurmel der Liebenden, das Schnarchen der schlafenden Krieger unterbrochen von den Klagen der Gemarterten und manchmal von dem letzten Angstschrei eines Opfers, das den Geist ausgibt.

III. Rache und Liebe

Die ersten Strahlen der Morgensonne vergolden die Alabasterwände im großen Saal des Schlosses.

In der Mitte scheinen die Säulen aus rosa Granit unter den feurigen Strahlen der aufgehenden Sonne in bleiches Blut getaucht.

An eine derselben ist Nephoris ganz nackt gefesselt.

Ihr Körper erhebt sich auf dem geglätteten Marmorplatten des Fußbodens, gleich einer weißen Lotosblume auf dem Rand einer klaren Quelle.

Zu ihren Füßen befinden sich Cheops, die Königin Mirtitessi und ihre Schwester Miri, mit Ketten beladen, in der Mitleid erregenden Haltung der Besiegten.

Der Pharao knirscht stillschweigend mit den Zähnen und rollt seine verstörten Augen. Miri vergießt beiße Tränen. Nur die Geliebte Hermias bewahrt ihre Seelenstärke. Ihr feuriger Blick fordert die Nubier, die sie bewachen, heraus. Erhaben und stolz wölbt sie ihre hervorstehenden Brüste, sie gleichsam dem mörderischen Schwert der Barbaren preisgebend.

„Schlag nur zu." sagt sie zu Mazait, dem schwarzen Riesen, der vor ihr aufrecht steht, durchbohre dieses Fleisch, welches sich Deinem Liebeskuss verweigert. Es gibt weit eher dem scharfen Steindolch den Vorzug, oder dem kalten Erz. Auch wenn Deine wilden Horden an Zahl und an Kriegsgewandtheit überlegen sind, die improvisierten Kohorten in die Flucht geschlagen haben und es ihnen gelungen ist, in der Verwirrung bis hierher zu gelangen, so glaube deshalb nicht, dass Dein Sieg Dir Rechte über mein Herz gegeben hat. Du kannst wohl meinen Körper schänden, wenn Du es willst, aber Du wirst nur meine Leiche besitzen. .

Denn die Seele, die Seele allein belebt das menschliche Elend, welches sich unter dem lachenden Farben des Lebens verbirgt; und ohne Seele sind wir nur eine Anhäufung von Moder.

Komme jetzt, Mazait; komm zu mir, wenn Du es wagst, sieh, Die Morgenröte ist goldig, Deine Braut ist schön, ihr Schoss ist weit und rein.

Aber sie wird Dir die Haut durchbeißen, bis das Blut hervorspritzt, und ihre Zunge auf Dein gemeines Gesicht alle Verachtung speien, die ihr auf die Lippen kommt."

„Schweig, Weib!" rief der Prinz aus, dessen Zorn seine Augen gelb und sein Gesicht bleich färbt. „Schweig, oder ich werde Dich grausam treffen, indem ich Miri, Deine Schwester vor Deinen Augen martern lassen werde."

„Meine Schwester gleicht dem Wasser des Lebens, das die geheiligten Myrten benetzt; nichts kann sie trüben."

„Nun gut, Soldaten, bemächtigt Euch ihrer. Entkleidet sie; Ihr werdet sie mit schmalen Lederriemen peitschen, bis mich Nephoris um Gnade bittet."

In diesem Augenblick dringt ein Lieutenant Mazaits im vollsten Lauf in den Saal.

„Herr, Herr!" ruft er aus, „Wir bedürfen Deines Armes."

„Bei Diboun, was geht denn vor ?" fragte der nubische Feldherr. „Habt Ihr denn noch nicht alle Einwohner von Memphis umgebracht, die es wagen. Widerstand zu leisten?"

Darauf erwidert der Offizier:

„Von Straße zu Straße setzt sich der Kampf erbittert und unversöhnlich fort. Die Bewohner der Stadt schleudern auf uns von der Höhe der Terrassen kochendes Öl und Ströme

187

von glühendem Sand. Längs der Straßen liegen viele unserer Brüder unter den Trümmern der herabgestürzten Mauern, der Bruchstücke und der auf sie geschleuderten Ziegel.

„Als wir gestern Abend in Memphis eindrangen, nahm die eigentliche Schlacht ihren Anfang; aber zu dieser Stunde scheint dieselbe für uns in eine Niederlage auszuarten."

„Was sagst Du!"

„Die Götter kämpfen gegen uns. Während wir in den engen Gassen zerstreut Haus um Haus stürmten, hat sich der Nil mit einer zahllosen Flotte bedeckt.

„Schiffe, die von mächtigen Ruderschlägen getrieben heraufkommen, landen an den Dämmen um Memphis herum, und plötzlich noch ehe wir uns von unserer Überraschung erholt haben, stürzen zahllose weiße Krieger einer unbekannten Rasse, das Schwert in der Hand, auf unsere Gefährten los."

„Das sind meine treuen Vasallen, welche vom Delta kommen."

„Nein, mein Vater," unterbrach Nephoris, „das ist Hermias und seine Mietstruppen."

Darauf erzählt sie in raschen Sätzen dem Pharao die Vorfälle, von denen er keine Kenntnis hat.

Während dessen befragt Mazait fieberhaft seinen Offizier.

„Diese Fremden rudern lange, überdeckte Schiffe mit zwei Reihen Ruder. Das sind ohne Zweifel die Haioui-Nibou, welche von den in Osten gelegenen Inseln des sehr grünen Meeres kommen. Warum bekriegen sie uns? Ich weiß es nicht. Das ist unerklärlich. Aber die Worte sind fruchtlos, besonders in diesem Augenblick. Erlaube mir, oh, gefürchteter Feldherr, oh, unerschrockener Löwe, dass ich Dich daran erinnere."

„Du hast Recht; mein Platz ist nicht hier, er ist an der Spitze meiner Soldaten. Jedoch, bevor ich mich in ein Kampfgetümmel stürze, das für mich unheilvoll enden kann, so will ich meinen Rachedurst befriedigen. Nephoris und Miri werden unter meinen Streichen sterben."

Er stürzt sich auf das junge Mädchen. Dieses erwartet ihn mit kaltem Blick und verächtlichen Lippen. Schon hebt Mazait seine steinerne Keule, als ihn plötzlich ein heftiger Stoß trifft, der ihm die Waffe aus der Hand schleudert, welche geräuschvoll auf den Boden fällt. Der Prinz dreht sich wütend um, er sieht Hermias vor sich aufgerichtet, der einen schweren Metall-Säbel über seinem Haupt schwingt.

Um ihn herum haben zahlreiche Krieger mit blassem Gesicht den Saal besetzt und die Schwarzen überwältigt.

„Ergib Dich!" ruft der ehemalige Fischer.

„Niemals!" erwidert Mazait, einen Dolch aus seinem Gürtel reißend, welchen er dem Ägypter in die Brust stoßen will.

Dieser hat die Bewegung seines Gegners bemerkt; er springt rückwärts und stößt mit mächtiger Hand sein Schwert in den Bauch des Nubiers.

Die scharfe Waffe dringt in das Fleisch des Gegners, wie das Beil des Fleischers in die Rinde eines Palmenbaumes.

Mazait fällt; und sein Blut rieselt auf die weißen Steinplatten.

Hermias stößt den zuckenden Körper mit dem Fuß zur Seite und nähert sich Nephoris und durchschneidet vorsichtig die Stricke, welche das junge Mädchen an die Säule gefesselt halten; dann hebt er sie mit leidenschaftlicher Begeisterung in seine Arme und presst sie gegen die Brust. Nephoris überlässt sich freudetrunken seiner Umarmung.

Freudenrufe reißen sie aus ihrer Verzückung: Das sind die Brüder des Hermias, die dem letzteren zueilen.

„Sieg!" ruft einer von ihnen. „Wir sind Herren der Stadt. Unsere mutigen Kohorten haben sich sogleich in die Straßen von Memphis begeben: auf diese Weise haben wir die ganze Stadt eingeschlossen.

„Als die Bewohner der Stadt unsere Freundesstimmen gehört haben, ist ihnen der Mut wiedergekehrt; sie haben ihre Anstrengungen verdoppelt, um die Angreifer von der Höhe der Dächer aus in den engen Gassen zu zertrümmern, gleich wilden Tieren, welche in eine enge Schlucht gefangen wurden.

„Zwischen den feindlichen Mauern liegen die Leichen der Nubier von Mauertrümmern begraben und speisen ganze Blutbäche, welche dem Nil zufließen.

„Als sie einen sicheren Tod und einen unnützen Widerstand sahen, hat uns die Mehrzahl der Feinde flehend die Hände entgegengestreckt, wir haben sie gefangen genommen."

„Das ist gut, Bruder." erwidert Hermias. „Diese Landsleute des Mazait werden die große Pyramide beendigen, wo mein Herrscher nach seinem Tod ewig ruhen wird."

Nach diesen Worten nähert sich Cheops, der bis dahin still und finster verharrt hatte, dem jungen Mann und küsst ihn auf den Mund: dann sagt er zu ihm:

„Mein Sohn, verzeihe mir; ich konnte Deine Seelenstärke nicht vermuten. Als Vergeltung für das Übel, welches ich Dir zugefügt habe, rettest Du mir das Leben und gibst mir den Thron zurück. Das ist ohne Zweifel Osiris, der Beschützer der Pharaonen, der Dir ein so hochherziges Betragen eingegeben hat."

„Nein! Herr," erwidert Hermias, „das einzige Gefühl, welches mich dazu bestimmt hat, ist meine Liebe zu Nephoris."

„So möge sie sein," rief der Monarch,

„so möge sie die glückliche Gefährtin Deiner Tage sein. Möge Isis Eure Ehe segnen und Euer Geschick möge für immer ein belehrendes Beispiel für die Völker und Könige bleiben. Denn trotz der Ungerechtigkeiten, ja selbst der Grausamkeiten, die Ihr mir mit Recht vorwerfen könnt, habt Ihr die Genugtuung für Eure unverschuldeten Drangsale dem höchsten Wohl Eures Vaterlandes geopfert. Dann habt Ihr mir, der ich nur Euren Hass und Abscheu verdient habe, Eure kindliche Ergebenheit bewiesen. Welches ist denn dieser erhabene Glaube, der Euch lehrt, die Ungerechtigkeiten zu verachten, indem er das Böse mit dem Guten vergeltet?"

„Es ist die Religion der großen Seelen." antwortet Hermias. „Der Hass ist grässlich, er entspringt bloß aus dem Irrtum. Man muss den Geist aufklären und nicht den Körper züchtigen. Das Gesetz der Vergebung und Liebe soll nun über der Stadt schweben."

- Ende -

Weitere Bücher von Alexander Kronenheim:

Die Schlacht bei Fehrbellin

ISBN: 9783734784859

Historischer Roman um den Werdegang eines jungen Mannes aus der Zeit Friedrich Wilhelms (der Große Kurfürst) von seiner Einberufung bis zur Teilnahme an der Entscheidungsschlacht bei Fehrbellin.

Auszug:

Die Zündschnüre waren an die Pulverfässchen gelegt und angezündet, die Flämmchen fraßen sich knisternd die Fäden entlang.

„An die Pferde!" Im Laufschritt liefen die Dragoner an ihre im Schuh eines der kleinen Anwesen stehenden Gäule. Im Galopp ging es auf der Hakenberger Straße dahin; der erste und zweite Zug unter dem Rittmeister der Schwadron schlossen sich an.

„Wir wollen die Belegung von Hakenberg und Linum feststellen", sagte Oberstleutnant Henning. „Führe uns möglichst gegen Sicht gedeckt."

„Jawohl!" erwiderte Jörg.

In diesem Augenblick ertönte ein furchtbarer Knall, gleich darauf ein zweiter, noch schwererer. Eine grelle Stichflamme schlug jäh über dem Rhin hoch! Es war gelungen. Ein zufriedenes Lächeln spielte über die ernsten, strengen Züge des Oberstleutnants Henning.

Die Schwadron bog jetzt von der Straße ab; dicht am Rande des Rhinluches führte sie Jörg im Schutze dichter Rohrwälder hin.

Bald kam Hakenberg in Sicht. Eine rechts herausgegebene Streife unter dem zum Korporal beförderten Wiese stellte einen großen Geschützpark dort fest, der vor dem Dorf auf einem Kleeschlag aufgefahren war.

Weiter im scharfen Trab. Linum tauchte vor den Reitern auf. Der Oberstleutnant vermutete hier die Hauptstellung des Feindes. Der dritte Zug unter Wachtmeister Freese wurde zur Erkundung abgeordnet.

Der Dämon

ISBN: 9783734754241

Dies ist die Geschichte über die fantastischen Abenteuer dreier Ritterssöhne, welche sich von einem in den Burgturm gebannten

Dämon Wünsche erfüllen lassen, die allerdings stets mit einem bösen Flucht belegt sind.

Auszug:

„Warte!" rief Wolfram, wenn Du nicht freiwillig davon gehen willst, so werde ich dich zwingen."

Und ohne auf die Flammen und erstickenden Dämpfe zu achten, stürzte er auf den Drachen los, und in furchtbaren Hieben rasselte sein Schwert auf den Schuppenpanzer desselben nieder. Der Drache stöhnte und brüllte, aber das Schwert Wolframs prallte machtlos an dem undurchdringlichen Panzer des Untiers zurück. Er verdoppelte seine Hiebe und kämpfte mit der äußersten Anstrengung, aber immer mit dem gleichen unglücklichen Erfolg.

Der Drache drängte ihn mehr und mehr zurück, die sengende Glut, die seinem Rachen entströmte, lähmte seine Kraft, und letztendlich zersplitterte sogar sein Schwert bei einem gewaltigen Hieb, den er auf den Nacken des Tiers führte, in tausend Stücke.

Nun stand er wehrlos da, und sah sich schon als Verlierer des Kampfes. Der Drache stieß ein triumphierendes Geheul aus, und schaute seinen entwaffneten Feind mit boshaft tückischem Blick an.

Marienburg – Kampf und Schicksal

Dieser Historienroman spielt im 15. Jahrhundert und handelt von der tapferen und spannenden deutschen Verteidigung der Marienburg gegen die Übermacht anstürmender polnischer Kriegerhorden.

Auszug:

„Galopp!" befahl Heinrich. Alle Trompeter setzten schmetternd mit der Galoppfanfare ein: in stiebendem Rennlauf brachen die feurigen Pferde los, dass die Erde unter ihren Hufen dröhnte. Wie ein Wetter jagte das Geschwader in den Feind. Das erste feindliche Treffen wurde glatt überritten. Wie eine Wiese mit niedergewalzten Halmen, so lag es hinter den Reitern, das Feld besät mit Toten. Verwundeten, Sterbenden, die Luft erfüllt von Schreien und Wehklagen. Bis in die hinterste Reserve der Polen führte Heinrich den Todesritt. „Links schwenkt!" befahl er. Unter der Mauer der ehemaligen Stadt jagte er dahin, die feindliche Stellung völlig aufrollend.

ISBN 9783734796340

Bunker

Dies ist die Geschichte vom Schicksal eines Wehrmachtbunkers an der Front und seiner Besatzung, welche unter Führung eines entschlossenen Unteroffiziers tapfer die aussichtslose Stellung verteidigt und dabei um das Überleben kämpft. Auszug:
„'raus aus dem Bunker!... Wir besetzen den Laufgraben...
Am Knie vor dem Trichter, vierzig Meter nach rechts, Stellung! . . . Scharf ans Gewehr! . . . Biegler nimmt einen Munitionskasten .."
Den Stahlhelm noch in der Hand, kroch der Unteroffizier zuerst hinaus, hinter ihm der Schütze Scharf mit dem aufgebuckelten Maschinengewehr, und zuletzt Biegler, der den Munitionskasten an sich presste, als ginge er damit tanzen.

196

ISBN 9783734784842

Gebückt rannten die drei Leute durch den schmalen Schlauch. An der Knickung warf sich der Unteroffizier hin und winkte Scharf an seine Seite.

Knapp dreihundert Meter vor ihnen, aber noch keine zwanzig Meter über ihnen, kurvte der Flieger, ein Habicht, der noch nicht recht entschlossen ist, von welcher Seite er auf das verdatterte Opfer stoßen muss.

Scharf hatte das Maschinengewehr in Stellung gebracht. Der Unteroffizier saß dahinter, Finger an der Auslösung, den Stahlhelm halb im Genick.

„Wenn der Sauhund bloß einmal wenden würde ...! Ich bekomm' ihn nicht richtig herein ... Ah! Endlich!..."

Das Maschinengewehr bellte los.

Rom im Untergang Band 1: Eine neue Macht

Historischer Roman zur Zeit Marc Aurels, geschildert aus römischer Sicht und durch die Augen eines germanischen Präfekten. In spannender Weise werden die aufkeimenden Konflikte mit neuen Mächten beschrieben, welche als Auslöser des Untergangs von Roms zu sehen sind. Auszug:

ISBN: 9783734787911

Vom Flaminischen Tor her kamen zwei Krieger des Weges, mit Soldatenstiefeln und dunklen groben Kappenmänteln, wie solche die bei den in den nördlichen Provinzen liegenden Legionen in Gebrauch waren. Obwohl sie der Armee der die Welt beherrschenden Stadt angehörten, war das heiße Italien doch offenbar nicht ihre Heimat. Üppiges blondes Haar fiel ihnen in goldigem Glanz über den breiten Nacken, und den Melieren schmückte ein dichter Bart; die Sonne hatte ihre Gesichter gebräunt, und der Staub einer langen Reise bedeckte Helme und Mäntel. Von riesenhaftem Wuchs, überragten sie das gewöhnliche römische Volk um einen ganzen Kopf. Sie gingen langsam einher in schwankendem Gang, wie er Reitern eigen ist, schauten aber aufmerksam um sich. Als sie mit dem Zug zusammenstießen, wichen sie bis an den Fußsteig aus, verließen jedoch nicht die Mittelbahn. Einem der Klienten missfiel das, denn er schrie: „Zur Seite, ihr germanischen Hunde!"

Und als diese Aufforderung erfolglos blieb, sprang er hinzu und fasste den jüngeren Krieger am Mantel. „Siehst du denn nicht, wer da kommt?!" Der Germane runzelte die Stirn, wies mit dem Daumen zum Angreifer und sprach zu seinem älteren Begleiter hinter ihm nur das eine Wort:

„Hermann!" In seinem Ton lag ein Befehl. Der bärtige Krieger verstand ihn, denn er packte den Schreier und stieß ihn so heftig zurück, dass der römische Bürger mit seinem Schädel das Straßenpflaster berührte. Sofort wurden die beiden Germanen unter Geschrei und heftigen Gebärden umringt.

„Barbaren!"

„Überfallen römische Bürger!"

„Nehmt sie fest!"

So schlug es ihnen entgegen. Und wirklich erschienen Stadtdiener, von denen einer fragte: „Welcher Legion gehört ihr an?" Anstatt zur antworten warf der jüngere Germane seinen Mantel zurück. Ein Silberpanzer wurde sichtbar; um seinen Hals hing eine goldene Kette als Belohnung der Tapferkeit; über seine Hüften war ein farbiges Band geschlungen, das Abzeichen eines hohen Offiziers. „Platz für den Präfekten der Legionen des göttlichen Imperators!" riefen nun die Stadtdiener und senkten ihre in Rutenbündeln steckenden Beile vor dem Barbaren, den sie an seinen Abzeichen als einen ihrer hochstehenden Offiziere erkannten.

Weitere Bücher aus der Reihe: ,**Rom im Untergang**'

Band 2: Kampf in Germanien
ISBN: 9783734787928

Band 3: Die Rückkehr der Götter
ISBN: 9783734745560

Band 4: Entscheidungsschlacht am Frigidus
ISBN: 9783734791222

Band 5: Aetius – Roms letzter Adler
ISBN: 9783738635034

Band 6: Aetius - Attilas Zorn
ISBN: 9783738635874

Band 7: Aetius - Die Zerstörung Aquileias
ISBN: 9783738635904